Kazumi Yumoto

Eine Schublade voller Briefe

Kazumi Yumoto

Eine Schublade voller Briefe

Aus dem Englischen
von Gabriele Haefs

Sauerländer

Titel der japanischen Originalausgabe: Popura no aki
First published in Japan in 1997 by Shinchosha Company

German translation rights arranged with
Kazumi YUMOTO through Japan Foreign-Rights Centre

Die Deutsche Bibliothek verzeichnet diese Publikation in der
Deutschen Nationalbibliografie; detaillierte bibliografische
Daten sind im Internet über http://dnb.ddb.de abrufbar.

Umschlaggestaltung: Heike Ossenkop pinxit, CH-Basel
Umschlagfoto: prisma
Druck und Verarbeitung: Stückle, Ettenheim
ISBN 3-7941-8014-3
www.patmos.de

– 1. Kapitel –

»Was ist los? ... Du hörst dich aber gar nicht fröhlich an. Hast du schon gegessen? ... Nein, warte. Ich rufe aus einem bestimmten Grund an. Ich habe eben mit Fräulein Sasaki gesprochen ... ja, richtig, der Mieterin aus dem Pappelhaus.«
Als ich am Telefon meiner Mutter zuhöre, sind die Jahre, die wir im Pappelhaus verbracht haben, wieder da, und plötzlich weiß ich es. Die alte Dame ist tot.
Mit »die alte Dame« meine ich Frau Yanagi, die Eigentümerin der Wohnung, in der meine Mutter und ich drei Jahre verbracht haben. Mein Vater starb, als ich sechs Jahre alt war, und kurz darauf mussten wir unser Haus verlassen. Wir zogen ins Pappelhaus, in eine der drei kleinen Wohnungen, die die alte Dame vermietete. Fräulein Sasaki, die Frau, die bei meiner Mutter angerufen hat, lebte damals ebenfalls dort.
»Als Fräulein Sasaki am Morgen bei ihr hereingeschaut hat, kam keine Antwort. Sie ist offenbar im Schlaf gestorben.«
»Am Morgen?«
»*Heute* Morgen.«
Ich atme langsam ein. Wenn es heute Morgen war, dann hät-

te ich alles verschlafen, selbst wenn sie an mein Bett gekommen wäre, um Abschied von mir zu nehmen. Aus irgendeinem Grund werde ich bisweilen von schrecklichen Albträumen heimgesucht, wenn ich mich abends mit Pillen zudröhne. Letzte Nacht habe ich geträumt, ich sei der Kadaver eines riesigen Fisches, der immer wieder gegen eine Betonmauer geschlagen wird. Das ist ein Muster, das in meinen Träumen häufig auftaucht.

»Wie alt war sie?«, frage ich.

»Achtundneunzig. Es war ein friedliches Ende, findest du nicht?«

Was bedeutet, dass sie achtzig gewesen sein muss, als wir dort gelebt haben. Als ich sieben war, hat sie mir versprochen, sie werde versuchen, am Leben zu bleiben, bis ich erwachsen wäre. Und sie hat ihr Wort gehalten, obwohl es von einer Frau, die immerhin schon achtzig war, doch eine energische Entschlossenheit erfordert haben muss.

»Sie sagt, sie hat angerufen, weil einige Briefe vorhanden sind.«

»Einige was?«

Meine Mutter senkt ihre Stimme ein wenig und wiederholt langsam und deutlich: »Brie-fe.«

»Hat Fräulein Sasaki das gesagt?«

»Ja«, antwortet meine Mutter, wechselt dann aber das Thema. »Ob ich wohl Blumen schicken sollte?«

Ich war zehn Jahre alt, als wir aus dem Pappelhaus auszogen, weil meine Mutter wieder heiraten wollte. Weder sie noch ich haben unsere damalige Vermieterin jemals wieder gesehen, obwohl wir ihr natürlich schrieben und auch ab und zu ein Foto schickten. Aber ich weiß mit absoluter Sicherheit, dass Fräulein Sasaki nicht diese Art von Briefen meint. Es geht um die Briefe, die ich mit sieben unserer Vermieterin anvertraut und die sie in einer bestimmten Schublade ihrer schwarzen Kommode verstaut hatte. Sie hatte sie also in all diesen Jahren für mich aufbewahrt.

»Schick die Blumen, Mama.«

»Was?«

»Ich gehe zur Beerdigung; wenn ich fliege, verliere ich nicht viel Zeit.«

»Macht das Krankenhaus da denn mit?«

Ich arbeite seit einem Monat nicht mehr als Krankenschwester, aber das habe ich meiner Mutter noch nicht gesagt. »Mach dir keine Sorgen!«

»Wer sagt, dass ich mir Sorgen mache?« Nach kurzem Schweigen fügt sie hinzu: »Du machst ja doch, was du willst.«

»Genau.«

»Grüß Fräulein Sasaki von mir.«

»Natürlich.«

Nachdem ich aufgelegt habe, bleibe ich erst einmal sitzen und starre vor mich hin. Ich bin jetzt so weit entfernt von unserer damaligen Vermieterin, dem Pappelhaus und der Pappel im Hof, von allem, was ich einst für »gut« gehalten hatte, obwohl ich nicht genau weiß, was das bedeutet.

Die etwas mehr als drei Jahre, die ich im Pappelhaus verbracht habe, scheinen für den Menschen, der ich jetzt bin, wie ein Traum.

Ich werfe frische Unterwäsche, ein paar Toilettenartikel und eine Tüte voller Medikamente in eine Reisetasche und ziehe energisch den Reißverschluss zu. Ich murmele vor mich hin, dass es lächerlich sei, all meine Schlafmittel mitzunehmen, wo ich doch nur ein oder zwei Nächte fortbleiben werde, aber ein anderer Teil meines Gehirns hält dagegen: »Du findest das überhaupt nicht lächerlich. Du weißt doch, du musst immer daran denken.« Ich schüttele den Kopf. Ich weiß nicht, was nun passieren wird, aber ich weiß, dass ich in dieser Nacht zumindest kein toter Fisch sein will. Und morgen werde ich mich ins Flugzeug setzen und der alten Dame die letzte Ehre erweisen. Das ist wirklich das Mindeste, was ich tun kann.

Ich krieche unter die Decke und schließe die Augen. Ich höre raschelnde Pappelblätter, die mir ins Ohr flüstern: »Lass uns reden. Reden wir«, sagen sie. Es ist ein angenehmes, trockenes Herbstgeräusch und ich weiß sofort, dass es nicht von draußen kommt.

– 2. Kapitel –

Mein Vater war bei einem Verkehrsunfall ums Leben gekommen, und als die erste auf seinen Tod folgende Hektik vorüber war, schien meine Mutter ihre Arbeiten im Haushalt ganz normal fortzuführen. Dann aber hörte sie plötzlich auf und legte sich ins Bett. Sie schlief und schlief. Wie lange mag das gedauert haben? Eine Woche? Mir kommt es viel länger vor, aber vielleicht waren es auch nur drei oder vier Tage. Ich ging damals in die erste Klasse. Ich kann mich nur daran erinnern, dass ich vom Beginn der Sommerferien überrascht wurde und dass ich Lachs aus der Dose aß, wenn ich Hunger bekam, während meine Mutter schlief. Es ist seltsam, dass unser Küchenschrank nur Fischkonserven enthielt. Der Lachs auf dem Etikett starrte mich aus kalten, glasigen Augen an, und er war auf keinen Fall ein Wesen, mit dem ich hätte reden können. Seit damals habe ich Lachs aus der Dose nicht mehr ausstehen können, und noch heute bricht mir unter den Fußsohlen der Schweiß aus, wenn ich im Lebensmittelladen übereinander gestapelte Lachskonserven sehe.

Nachdem ich innerhalb weniger Tage eine Lebensration

Lachs verzehrt hatte, erhob meine Mutter sich ebenso plötzlich, wie sie zu Bett gegangen war. Jetzt verlegte sie sich darauf, mit Pendlerzügen zu fahren und mich mitzunehmen. Sie hatte dabei kein Ziel. Sie stieg einfach in den erstbesten Zug und fuhr und fuhr, bis sie dann beschloss auszusteigen. Unter der brennenden Sommersonne wanderten wir durch eine Stadt, die wir noch nie gesehen hatten, machten irgendwo Halt, um kalte Nudeln oder zerstoßenes Eis mit Sirup zu verzehren, dann stiegen wir wieder in einen Zug.
Ich glaube nicht, dass wir in dieser Zeit viel miteinander redeten. Ich begriff sehr wohl, dass meine Mutter nicht über meinen Vater sprechen wollte. Und ich selber hatte das Gefühl, obwohl die Nachricht von seinem Tod mich zuerst sehr traurig gemacht hatte – ich hatte laut geweint, als ich ihn mit seinem weißen Kopfverband im Sarg gesehen hatte –, dass sich eine Haut um mein Herz gezogen hatte, und ich konnte mich nicht mehr daran erinnern, wie mein Vater zu seinen Lebzeiten gewesen war. Die ungeheure Trauer, die meine Mutter in Wut und Ablehnung ihrer Umwelt gegenüber verwandelte, hatte ebenfalls auf mich abgefärbt.
Wir kamen jeden Abend erschöpft nach Hause zurück und fielen auf unsere Futons, da wir uns nie die Mühe machten, die Futons zusammenzulegen und wegzuräumen, und versanken in tiefem Schlaf. Ich habe keine glücklichen Erinnerungen an jene Zeit. Ich hoffte nur, dass meine Mutter auf irgendeine Weise überleben würde, wenn wir diese tägliche Routine beibehielten. Mit sechs Jahren war das mein einziger Gedan-

ke; das und die Tatsache, dass es doch hundert Prozent besser so sei, als jeden Tag Lachs aus der Dose essen zu müssen. Immerhin hatten wir die Entdeckung des Pappelhauses diesen Bahnfahrten zu verdanken. Eines Tages waren wir schon einige Zeit mit einem leeren Zug durch die Vororte unterwegs, als wir zufällig an einem bestimmten Bahnhof ausstiegen. Vom Bahnsteig aus hatte man Blick auf einen Fluss und wir gingen bis zum Ende und kniffen im scharfen, vom Betonboden reflektierten Sonnenlicht die Augen zusammen. Der Fluss, das Gras, die Brücke und sogar der staubige Boden schienen von der erbarmungslosen Sonne gebleicht. Im Flussbett gab es nur ein dünnes Rinnsal, der Himmel dagegen kam uns endlos vor. Fast hätte ich gesagt: »Na, jetzt sieh dir das an.« Ich holte tief Luft.

»Wollen wir durch die Sperre gehen und uns umsehen?«, fragte meine Mutter. Ich war verwirrt. Auf unseren vielen Bahnfahrten hatte sie mich nie auch nur gefragt, welchen Zug wir nehmen oder wo wir aussteigen sollten. »Willst du nicht?« Ich schüttelte rasch den Kopf. »Nein, ich habe nichts dagegen.« Danach schritt ich mit einem feierlichen Gefühl von Verantwortung neben ihr her und blickte vorwärts, während sie mit energischen Schritten losging.

Wir durchquerten eine Einkaufspassage und erreichten eine Feuerwache. Davor floss ein Bach an der Straße entlang und wir folgten ihm eine endlos lange Zeit durch ein einförmiges Wohngebiet. Es muss gegen zwei Uhr nachmittags gewesen sein. Am Bach neben der Straße gab es keinen Schatten und die Sonne brannte so heftig, dass sie alle Geräusche zu ersticken schien. Keine Grille zirpte, kein Mensch bewegte sich, kein Vogel flog und ich hatte schon längst den letzten Wassertropfen aus meiner Thermosflasche geleert. Ich fiel hinter meine Mutter zurück und konzentrierte mich nur noch darauf, einen Fuß vor den anderen zu setzen und dabei ihren Rücken anzustarren. Als sie plötzlich stehen blieb und sagte: »Gehen wir nach drüben«, funktionierte mein Gehirn nicht mehr und meine Füße bewegten sich automatisch weiter, sodass meine Stirn, an der mein schweißtriefender Pony klebte, gegen ihr weiches Hinterteil stieß. Ich schaute in die Richtung, in die sie zeigte. »Da drüben. Der Baum. Der ist riesig, findest du nicht?«

»Aber sicher«, stimmte ich zu. Ein Baumwipfel, der höher war als ein Telefonmast, durchbrach die Dächer und ragte hoch über uns auf. Es wehte kein Windhauch, aber die Blätter dort oben wiegten sich sanft, und ich spürte, wie der Schweiß von meiner Stirn verschwand, einfach, weil ich hinaufschaute.

»Komm, wir gehen zu dem Baum.«

Ich nickte. »Ja, gut.«

»Chiaki, du bist schweißnass. Hast du nichts mehr zu trinken?«

»Das ist schon alles auf. Aber mir geht's gut.« Wieder hatte ich das Gefühl, meine Widerstandsfähigkeit unter Beweis stellen zu müssen, und ich lief vor meiner Mutter her. Nachdem wir ein Stück weiter die Straße neben dem Bach entlanggegangen waren, kehrten wir ihr den Rücken zu, gingen durch eine Gasse, die nur für ein Auto Durchlass bot, und entdeckten dann sofort den Hof, der zu dem riesigen Baum gehörte. Es war wirklich kein penibel gepflegter, sorgfältig vom Unkraut befreiter Garten, und er war auch nicht überladen oder bis ins Detail geplant. Aber er war einwandfrei auch keine Wüste. Es war offensichtlich, dass er sich im Laufe der Zeit und aufgrund einer gewissen Anzahl von Unkrautjäte-Aktionen so entwickelt hatte, und dass der Gärtner darüber hinaus keine weiteren Ziele verfolgte. Es gab einen Ahornbaum mit dicken grünen Blättern, einen Oleander mit roten Blüten, der seine Arme nach dem benachbarten Schuppendach ausstreckte, einen japanischen Lorbeerbaum mit glänzenden Blättern und einen Spierstrauch, der sich auf dem Boden ausbreitete. Hier und dort hoben orangefarbene Lilien, ohne dass sie in irgendeinem erkennbaren Zusammenhang miteinander gestanden hätten, ihre Köpfe. Eine blaue Kohlenpfanne aus Porzellan stand friedlich auf dem Boden. Und mitten auf dem Hof ragte der riesige Baum auf, dessen Blätter ab und zu von einer leichten Brise zerzaust wurden. Als ich zu ihm hochschaute, wollte ich mich sofort hinsetzen und einschlafen.

»Chiaki, Chiaki«, meine Mutter winkte mir zu. »Jetzt weiß ich, was das für ein Baum ist.«

»Was denn?«

»Eine Pappel.« Sie zeigte auf einen der Torpfosten aus Beton,

der ein weißes Namensschild aus Porzellan trug. »Wohnanlage Pappel«, stand darauf. Der Name kam mir komisch vor und ich bewegte ihn im Mund hin und her. »Wohn-an-la-ge Pap-pel, Wohn-an-la-ge Pap-pel.«
Meine Mutter murmelte jetzt wieder vor sich hin. »Es sieht nicht aus wie ein Einfamilienhaus. Die Zimmer da oben gehören zu Mietwohnungen.«
Das Gebäude war aus Holz errichtet und im ersten Stock gab es eine eher bescheidene Anzahl von Wohnungen. Eine Treppe führte auf der Nordseite außen am Haus hoch, an der Straße mit dem Bach. Drei Türen gingen auf die Galerie hinaus, neben zwei davon standen Waschmaschinen.
»Chiaki, würdest du gern hier wohnen?« Diese zweite Frage des Tages kam so unerwartet, dass mir keine Antwort einfiel. Ich folgte dem Blick meiner Mutter und sah am offenen Eisentor ein Pappschild mit der Aufschrift: »Wohnung zu vermieten.«
»Wohnung zu vermieten?«
»Das bedeutet, dass sie jemanden suchen, der hier einziehen möchte.« Ich fand die Idee wirklich nicht schlecht. Ich hatte vage registriert, dass wir aus unserem bisherigen Haus ausziehen mussten, und außerdem hatte ich mich in diesen Garten verliebt.
»Wenn du das möchtest, dann ist mir das recht, Mama.«
»Aber was ist mit *dir*, Chiaki?«
»Ich finde die Idee gut.« Meine Mutter blickte mir forschend ins Gesicht, dann lief sie ohne zu zögern durch das Tor.

Es war eigentlich eine ganz normale Wohnung. Der Küchenbereich lag auf der Seite der Eingangstür, die nach Norden ging, Badezimmer und Toilette lagen auf der anderen, dahinter gab es, nach Süden hin, ein kleines Zimmer mit Holzboden und ein etwas größeres mit von der Sonne ausgebleichten Tatami-Matten. Wir nahmen nur das mit, was auf dieser begrenzten Wohnfläche Platz hatte, und zogen ein. Ohne das geringste Anzeichen des Bedauerns trennte meine Mutter sich von allem, was wir nicht unbedingt brauchten. Und sie führte das alles, von der Entscheidung für unser neues Zuhause bis zur Auflösung unseres alten Haushalts, mit einem Tempo durch, das zu ihrem sonst eher langsamen Wesen nicht zu passen schien.

Es gab nur drei Mietwohnungen im Haus und alle lagen im ersten Stock. In der nach Westen, zum Tor hin gelegenen Wohnung lebte Fräulein Sasaki, eine allein stehende Frau, die in einer Textilfirma arbeitete. Der Taxifahrer Herr Nishioka, ebenfalls allein stehend, lebte in der mittleren. Und meine Mutter und ich bezogen die hintere Wohnung, die gleich an der Treppe lag.

Die Vermieterin wohnte allein im Erdgeschoss. Sie hatte das Haus umbauen und die Wohnungen hochziehen lassen, als ihr Mann, ein Professor für chinesische Literatur, gestorben war. Später erfuhr ich, dass der Name »Wohnanlage Pappel« die Erfindung eines Immobilienmaklers war, der ihr die ersten Mieter besorgt hatte. Die Vermieterin hatte ihr Haus »Pappelhaus« nennen wollen, er hatte sie jedoch davon überzeugt, dass sich »Wohnanlage Pappel« vornehmer anhörte. Als wir dort einzogen, wurde das Haus trotzdem von Bewohnern, Nachbarn und sogar vom Postboten »Pappelhaus« genannt.

Die Vermieterin kam mir ziemlich unzugänglich vor. Ich muss aber auch zugeben, dass ich eine gewisse Faszination verspürte, etwas, das dem starken Drang, das Makabre anzustarren, ähnelte, obwohl ich fast zu große Angst hatte, um hinzusehen. Sie war einfach furchterregend.

Ihre runde, tief gefurchte Stirn war breit und stand hervor. Ihr Kinn wies nach oben, vielleicht, weil sie bis auf die drei vorderen im Unterkiefer keine Zähne hatte. Es wäre übertrieben, zu behaupten, dass ihr runzliges Gesicht lediglich Ähnlichkeit mit Popeye gehabt habe, sie war ihm nämlich wie aus dem Gesicht geschnitten. Abgesehen von den scharfen, kleinen Augen, die aus dem Abgrund zwischen ihrer Stirn und ihren Wangen hervorlugten. Diese Augen bewiesen mir, dass ich hier in Wirklichkeit einen Popeye vor mir hatte, der durch irgendeinen Zaubertrank in einen weiblichen Bösewicht verwandelt worden war.

Auch das Innere ihres Hauses war gespenstisch genug, um jedem Kind Angst einzujagen. Vielleicht hasste sie das Sonnenlicht, denn sie hatte nur ein Rollo geöffnet. Als ich an jenem ersten Tag, als die Pappel uns angelockt hatte, vom Torweg her in die triste Düsterkeit ihres Hauses hineinschaute, sahen wir eine von alten Büchern bedeckte Wand und einen steinernen Drachen, der uns höhnisch anstarrte. Ein roter Talisman, der mit unleserlichen chinesischen Schriftzeichen mit wer weiß welchen Beschwörungen oder Zauberformeln beschrieben und in der Diele an der Decke befestigt war, hatte die Art von leuchtender Farbe, die man sonst nur im Albtraum sieht.

Meine Angst jedoch hatte einen viel konkreteren Grund. Die Vermieterin erzählte uns von Anfang an, dass sie keine Kinder im Haus haben wollte, obwohl sie dann nachgab und die Wohnung doch an uns vermietete. Ich gab mir alle Mühe, nicht ihr Missfallen zu erregen, damit sie uns nicht wieder auf die Straße setzte. Es war zwar nur eine Wohnung, aber sie erschien mir als Zufluchtsort, den ich nur nach einer scheinbar endlosen Folge von Lachs aus der Dose und Pendlerzügen hatte erreichen können.

Jeden Tag machte meine Mutter sich auf Arbeitssuche. Ich verbrachte die Wochen gegen Ende dieses Sommers allein, ich schaute einfach durch das Fenster die Pappel an und versenkte mich in ihre raschelnden Blätter, in die Vögel, die sich dort versammelten, die Schatten zwischen ihren überlappenden Blättern, die sich je nach Stand der Sonne änderten. Wenn ich mittags die beiden Reiskugeln aß, die meine Mutter für mich bereitgestellt hatte, dann schaute ich dabei zum Baum hinüber. Wenn die Vermieterin, die sich ein Handtuch wie einen Turban um den Kopf gewickelt hatte, am frühen Abend herauskam, eine Moskitospirale neben ihre Füße legte und sich ans Unkrautjäten machte, starrte ich noch immer die Pappel an, auch wenn ich mich etwas vom Fenster zurückzog, um nicht entdeckt zu werden. Es war nicht so, dass ich tatsächlich mit dem Baum gesprochen hätte, aber ich kann mich nicht daran erinnern, mich jemals gelangweilt oder einsam gefühlt zu haben. Wenn ich jetzt zurückschaue, dann geht mir auf, dass ich seither keinen so friedlichen Sommer mehr erlebt habe. Noch heute besteht meine Vorstellung eines Sommers aus Schatten, die tiefer und dunkler werden, wenn das Licht sich verstärkt, und aus der Stille, die diese Schatten einhüllen.

Diese ruhigen Tage endeten im September, als die Schule wieder losging. Ich besuchte jetzt nicht mehr die private Mädchenschule, auf die ich vorher gegangen war, sondern die staatliche Schule, die in der Nähe des Pappelhauses lag. Natürlich war die Entfernung zur alten Schule ein Problem gewesen, aber ich glaube auch, dass die monatlichen Gebühren für die Privatschule für meine Mutter, die jetzt bei einem Hochzeitsausstatter arbeitete, eine zu große Belastung bedeuteten. Mein Vater hatte als Richter zwar recht gut verdient, hatte aber nichts hinterlassen, was die Bezeichnung »Erbe« verdient hätte. Ich ging bei seinem Tod noch in die erste Klasse und fühlte mich nicht sonderlich mit meiner Schule verbunden, und deshalb überraschte es mich, dass meine Mutter sich für den Schulwechsel entschuldigte, mir erschien das nicht nötig.
Als ich dann aber die neue Schule besuchte, hatte ich doch Probleme. Die Kinder in meiner Klasse rannten schreiend

umher, der Lehrer, der einen Trainingsanzug trug, brüllte. Alles war ganz anders als auf der Mädchenschule. Ich kam nicht gegen das Gefühl an, dass es zu spät sei, in diesem Tohuwabohu noch Freundinnen zu finden. Aber das waren nicht die einzigen Gründe, warum ich Probleme hatte.
Sowie ich nach Hause kam, machte ich mir meine Gedanken. Wohin, fragte ich mich, ist mein Vater gegangen? Eines Tages war er einfach verschwunden. Was hatte das zu bedeuten? Wie konnte jemand so plötzlich aufhören zu existieren? Mein Vater war ganz und gar verschwunden, wie eine Figur aus einem Zeichentrickfilm, die zum Himmel hochschaut und dabei in einen Schacht stürzt.
Natürlich war ich bei seiner Beisetzung dabei und ich empfand nicht einmal Furcht, als ich in den Sarg schaute und sein Gesicht sah, das eindeutig nicht dasselbe war wie zu seinen Lebzeiten. Aber deshalb verstand ich seinen Tod noch lange nicht. Wohin um alles in der Welt konnte er gegangen sein? Während des Sommers hatte ich, wenn ich mit meiner Mutter zusammen war und auch allein, nie darüber nachgedacht. Vielleicht war ich noch nicht so weit, dass ich daran denken *konnte*. Aber sowie ich wieder in die Welt hinausging, hatte ich den ganz klaren Eindruck, dass sich dort überall Schächte auftaten. Meine Mutter und auch ich selber konnten jederzeit in eines dieser dunklen Löcher fallen und nie wieder zurückkehren. Wie es meinem Vater passiert war. Die anderen Kinder und der Lehrer kamen mir so munter, fröhlich und stark vor. Ich konnte nicht glauben, dass sie von der Existenz die-

ser entsetzlichen Löcher wussten. Ich kam mir schrecklich einsam vor. Und niemandem konnte ich meine Ängste anvertrauen, nicht einmal meiner Mutter.

Sie wollte nicht über meinen Vater sprechen, und sogar ein Kind wie ich konnte spüren, wie sehr sie sich gegen seinen Tod wehrte. Nicht viel später sollte ich ihre starrköpfige Leugnung der Tatsachen ablehnen, ich wurde wütend und kritisierte sie sogar, aber damals wusste ich nur, dass ich ihr gegenüber meinen Vater nicht erwähnen durfte. Außerdem war es offensichtlich, dass sie litt und dass ihr die Arbeit nicht leicht fiel. Sie hatte meinen viele Jahre älteren Vater unmittelbar nach ihrem Examen an einem Frauencollege geheiratet und verfügte über so gut wie keine berufliche Erfahrung, da sie schon vor meiner Geburt immer zu Hause geblieben war. Ich konnte ihr nicht noch weitere Sorgen machen, nicht, wenn ich sie sah, die sonst so ruhig und gelassen war, jetzt aber jede Nacht noch spät über ihren Notizen saß, mit verhärmtem, sorgenvollem Gesicht.

Wenn sie mich fragte: »Wie gefällt dir die Schule? Hast du schon Freundinnen gefunden?«, sagte ich: »Ja, die Schule macht Spaß.« Wenn dann der Morgen kam, knirschte ich mit den Zähnen und ging hinaus in eine Welt voller bodenloser Schächte, klaffender Schlünde, die die Götter offenbar zu schließen vergessen hatten. Obwohl ich gewissenhaft meine Hausarbeiten machte und niemals irgendetwas vergaß, weiß ich aus dieser Zeit nur noch, dass ich dauernd Angst davor hatte, Fehler zu machen. Ich war davon überzeugt, dass ich

räusch ihres friedlichen Atems hörte, konnte ich mich selbst in die Vergessenheit versinken lassen, wobei ich die ganze Zeit den Himmel anflehte, mich nicht einschlafen zu lassen.

Seltsamerweise kann ich mich nicht an *higan* erinnern, die herbstliche Tag- und Nachtgleiche, zu der besondere buddhistische Zeremonien zur Erinnerung an die Toten durchgeführt werden. Es war die erste Tagundnachtgleiche nach der Beisetzung meines Vaters, und deshalb haben wir sicher etwas unternommen, aber offenbar war ich dermaßen in meine eigenen Rituale vertieft, dass ich alle anderen Erinnerungen aus meinem Gedächtnis verbannt habe.

An einem Morgen Anfang Oktober erkrankte ich dann an einem Fieber, was vielleicht zu erwarten gewesen war.

»Wenn das Fieber heute Nachmittag noch nicht gesunken ist, gehen wir zum Arzt, ja?«

»Aber Mama, musst du nicht arbeiten?«

»Mach dir keine Sorgen. Der eine Tag ist nicht so schlimm.«

Zum ersten Mal seit langer Zeit ruhte ich mich wirklich aus. Alle Schuldgefühle, die ich vielleicht hegte, weil meine Mutter sich bei der Arbeit freinehmen musste, wurden durch mein Fieber gemildert. Ich brauchte nur ruhig zu schlafen, mir das Thermometer unter den Arm zu schieben, wenn meine Mutter mich dazu aufforderte, und mich von ihr mit geriebenem Apfel füttern zu lassen, mit einem Löffel, der sich auf meiner Zunge kühl anfühlte. Ich schlief, und wenn ich die Augen öffnete, saß meine Mutter am Tisch und las ein Buch über die komplizierten Sitten und Bräuche der japanischen Hochzeitsfeierlichkeiten. Wenn sie merkte, dass ich die Augen geöffnet hatte, sprang sie sofort auf und holte einen neuen feuchten Lappen für meine Stirn. Wenn ich zur Toilette musste, legte sie mir eine Jacke um die Schultern und wartete vor der Tür, bis ich fertig war.

Ich war ungeheuer dankbar für mein Fieber. Es hätte mir auch nichts ausgemacht, noch kränker zu werden, denn das brachte solchen Seelenfrieden, solche Wärme und solchen Trost.

»Mama?«

»Was denn?«

»Nichts. Ich wollte dich nur rufen, das ist alles.«

Ich nehme an, dass ich einige Zeit lang ziemlich tief geschlafen hatte, als ein undefinierbares Geräusch das durchsichtige Schweigen meines Schlafes störte. Es klang wie ein knurrendes Tier.

Ich fuhr verwirrt aus dem Schlaf hoch und stellte fest, dass das Geräusch von der Waschmaschine vor unserer Wohnungstür stammte. Meine Mutter war am Tisch eingenickt, ihre Stirn ruhte auf dem aufgeschlagenen Buch. Ich setzte mich auf und fragte mich, wann sie wohl die Waschmaschine eingeschaltet hatte, ich hatte nichts davon bemerkt. Ich schaute auf die Uhr, es war fast Mittag. Ich hatte so gut geschlafen, dass mein Körper sich leicht und gestärkt anfühlte, und ich stand auf und schlich auf Zehenspitzen in die Diele.

Ich öffnete die Tür und sah einen wildfremden jungen Mann,

der vor unserer Waschmaschine stand. Er sah genauso überrascht aus wie ich, und bei seinem überstürzten Rückzug taumelte er mehr oder weniger die Treppe hinunter. Ich ging auf bloßen Füßen auf die Galerie hinaus, spürte, wie mein Herz loshämmerte, und schrie auf. Meine Mutter kam aus der Wohnung gestürzt und fast im selben Moment riss Herr Nishioka, der einen Trainingsanzug trug, die Tür der Nachbarwohnung auf. Der Geruch von Schlaf und das leise Gemurmel von *rakugo*, einer traditionellen japanischen Schwankform, sickerten langsam aus seinem Zimmer.

Obwohl Herr Nishioka ein zurückhaltender Mann war, der sich niemals einen Witz erlaubte, ließ er offenbar ständig solche Bänder laufen, denn sehr oft hörten wir durch die Wände unserer Wohnung eine Männerstimme, die sich in einem anhaltenden Monolog hob und senkte. Vielleicht ließ er das Tonbandgerät sogar eingeschaltet, wenn er schlief.

An diesem Tag war er gerade von der Nachtschicht gekommen und sah elend aus, als sei er eben erst aufgewacht. Seine Augenlider waren geschwollen und seine auch normalerweise schon struppigen Haare sahen noch zerzauster aus als sonst. Er hatte sie auf der einen Seite lang wachsen lassen, und jetzt hingen sie wie schlaffer Seetang herunter und entblößten seinen energisch zurückweichenden Haaransatz. Verwirrt vom Erscheinen dieses mageren Mannes, der in seinem fusseligen Trainingsanzug aussah wie ein Flüchtling, stieß ich einen weiteren schrillen Schrei aus.

»Chiaki, was ist los? Fehlt dir etwas?« Meine Mutter schüttelte mich, aber ich konnte nur auf die Treppe zeigen. Die Gestalt eines Mannes ähnlich dem, den ich eben noch gesehen hatte, huschte die Straße am Bach entlang. Herr Nishioka, der nichts über die genaueren Umstände wusste, stürzte die Treppe hinunter, als habe jemand ihm dazu den Befehl erteilt. Meine Mutter und ich blieben lange stehen und starrten verwirrt die uns unbekannte Wäsche an – Herrenunterhosen, Socken, Sportkleidung –, die in unserer Waschmaschine umhergewirbelt wurde.

»Mama?«

»Ja.«

»Hat der Mann seine Wäsche hier gewaschen?«

»Sieht so aus.«

»Hat er keine Waschmaschine?«

»Vermutlich nicht.«

»Was machen wir jetzt mit seinen Sachen?«

»Hmmmm.«

Meine Mutter dachte noch immer nach, als die Waschmaschine zum Stillstand kam. Ängstlich drückte ich auf den Knopf, um das Wasser abfließen zu lassen. Mit einem lauten Gurgellaut verschwand das trübe graue Wasser im Abfluss. Meine Mutter holte eine große Plastiktüte aus der Küche und stopfte die von Seifenlauge nasse Wäsche hinein. Herr Nishioka tauchte keuchend vor Anstrengung wieder auf und sagte: »Wa-was für ein abscheulicher Kerl! Ist er zu geizig, um in einen Waschsalon zu gehen?« Seine Augen hingen an der voll gestopften Tüte, seine ohnehin überaus beweglichen

Augenbrauen hoben sich zitternd. Er zappelte hin und her und murmelte immer wieder mit ziemlich hoher, mädchenhafter Stimme: »Abscheulich, abscheulich, abscheulich.«

Ich lugte hinter meiner Mutter hervor, sagte »hallo« und er nickte mir zu wie einer Erwachsenen. »Ach, tut mir Leid. Er ist entkommen«, sagte er, dann schob er sich die langen Haare, die links neben seinem Gesicht hinunterhingen, zurück auf den Kopf, als sei ihm seine chaotische Frisur eben erst aufgefallen.

Meine Mutter schickte mich wieder ins Bett und ich kehrte in unser Zimmer zurück. Aber ich ließ die Tür offen stehen, um hören zu können, was sie sagten.

»Wissen Sie, es ist möglich, es könnte durchaus möglich sein, dass das nicht das erste Mal war«, sagte Herr Nishioka. Ich fuhr zusammen.

»Das kann doch nicht sein!«, wehrte meine Mutter mit nervöser Stimme ab.

»Doch, es kann durchaus sein. Die Vermieterin lebt allein im Erdgeschoss und n-niemand von den Mietern ist t-tagsüber zu Hause.« Hastig und mit gelegentlichem Stottern erklärte er, dass er zwar nachts arbeitete und theoretisch tagsüber also zu Hause war, dass er dann aber zumeist tief schlief. An diesem Tag war er nur zufällig gerade aufgestanden, um auf die Toilette zu gehen.

Sie beschlossen, die Tüte mit der Wäsche zusammen mit dem Müll an die Straße zu stellen, wenn der Müll das nächste Mal abgeholt wurde, und bis dahin wollte meine Mutter sie am Tor stehen lassen, für den Fall, dass der Mann zurückkam, um sie zu holen. Sie wollte keine unnötige Feindseligkeit heraufbeschwören. Die beiden nahmen die Tüte und trugen sie nach unten. Ich lag im Bett, horchte auf ihre Schritte und dachte in kindlichem Ernst, dass alles meine Schuld sei. Ich werde dafür bestraft, dass ich nicht in der Schule bin und Mutter zwinge, sich bei der Arbeit freizunehmen. Wenn ich zur Schule gegangen wäre, dann wäre meine Mutter zur Arbeit gegangen und niemand hätte unsere Waschmaschine benutzt. Alles hätte seine Richtigkeit gehabt.

Ich kniff die Augen zusammen. Mit lautem Knall sprang ein Schacht auf und eine Stimme aus den Tiefen der Erde quälte meine Ohren immer wieder aufs Neue: »Deine größte Feindin ist die Nachlässigkeit. Vergiss das nie!«

Genau, sagte ich mir. Morgen muss ich einfach in die Schule gehen. Ich kann es mir nicht leisten, auch nur für eine Sekunde nicht auf die düsteren Schächte zu achten. Und dann kniff ich die Augen wieder zu.

– 3. Kapitel –

Doch je größere Mühe ich mir gab, umso mehr verweigerte mein Körper den Gehorsam. Obwohl das Fieber niemals sehr hoch war, stieg und fiel meine Temperatur immer wieder, und meine Mutter hatte sich deshalb schon eine ganze Woche freigenommen. In dieser Zeit träumte ich, ich würde von beweglichen Schächten verfolgt, und wenn ich aufwachte, setzte ich mich benommen auf, versuchte, mich für die Schule anzuziehen, und lehnte meinen pochenden Kopf gegen den Nachttisch. Manchmal versuchte ich mich sogar mitten in der Nacht zu richten. Mal sehen, dachte ich dann, meine Schulbücher und Hefte liegen noch in meiner Schultasche, wie sich das gehört. Sind meine Bleistifte gespitzt? Ja. Turnsachen? Eingepackt. Schürze für die Mittagspause? Ja. Mundharmonika? Ja. Buntstifte? Ja.

Dann fällte der Arzt ein entsetzliches Urteil. »Ich glaube, Ihre Tochter gehört bis auf weiteres ins Krankenhaus.« Bei dem Wort »Krankenhaus« schüttelte ich energisch den Kopf. Ich würde niemals zustimmen, in eine weitere unbekannte Umgebung versetzt zu werden.

»Aber Chiaki, wenn du ins Krankenhaus gehst, kannst du bald wieder die Schule besuchen«, sagte meine Mutter bittend und mit gequälter Miene.

»Das ist gelogen.«

»Nein, ist es nicht.«

»Ich brauche nicht ins Krankenhaus, ich gehe morgen wieder in die Schule.« Starrköpfig bestand ich darauf, lieber zur Schule als ins Krankenhaus zu wollen. Der Arzt kam dann endlich zu dem Schluss, dass es besser wäre, mich zu Hause zu pflegen, wenn mir das so wichtig war. Meine Mutter dagegen befand sich in einem Dilemma, denn wenn sie sich noch länger freinahm, stand ihre Stelle auf dem Spiel. Als sie noch überlegte, was um alles in der Welt sie machen sollte, bot die Vermieterin an, sich um mich zu kümmern.

»Als Hausbesitzerin muss ich doch auch einen Teil der Verantwortung übernehmen. Ich werde mich um Chiaki kümmern, wenn Sie zur Arbeit müssen.« Sie schien zu dem Schluss gekommen zu sein, dass mein nervöser Zustand durch den Zwischenfall mit der Waschmaschine hervorgerufen war, und deshalb hatte sie ein schlechtes Gewissen. Sie sagte immer wieder, sie hätte niemals das Tor zum Pappelhaus offen stehen lassen dürfen.

»Chiaki, wenn ich morgens zur Arbeit gehe, dann gehst du zur Vermieterin nach unten. Sie hat angeboten, für dich einen Futon hinzulegen, auf dem du dich ausruhen kannst.« Die Worte meiner Mutter versetzten mir einen entsetzlichen Schock. Wollte sie damit sagen, ich müsste in diesem unheimlichen Zimmer schlafen? Es war offensichtlich, dass die Vermieterin Kinder nicht leiden mochte, schließlich hatte sie anfangs gesagt: »Ich vermiete nicht an Familien mit Kindern.« Genauso gut hätte meine Mutter mich zu einer bösen Hexe schicken können!

»Kann sie nicht zu uns nach oben kommen?«

»Sie hat seit einiger Zeit Probleme mit den Knien und sagt, das Treppensteigen fällt ihr schwer. Und wenn du da unten schläfst, braucht sie sich keine Sorgen um dich zu machen.« Meine Mutter lächelte und bohrte mir den Finger in die Wange. »Es ist doch nur für tagsüber, weißt du.«

»Ich kann allein zu Hause bleiben. Ich will auch ganz brav sein.«

»Ich hole dich ab, sowie ich von der Arbeit komme, und dann gehen wir zusammen nach Hause. Sei doch kein Dickkopf. Bitte!« Ich konnte nichts dagegen anführen. Und wenn ich nicht nach unten ginge, würde die Vermieterin sicher beleidigt sein.

Am nächsten Tag ging ich mit meiner Mutter »zur Arbeit«. Die Vermieterin hatte in dem unheimlichen Zimmer, das an die Küche mit Holzboden grenzte, einen Futon für mich ausgelegt. Bei dem unheimlichen Zimmer schien es sich um eine Art Wohnzimmer zu handeln. Vielleicht ist »Wohnzimmer« nicht die richtige Bezeichnung, aber hier saß die Vermieterin eben immer, sie trank grünen Tee, während sie die Zeitung las oder fernsah, ihre Beine steckten derweil unter dem *kotatsu*, einem niedrigen beheizten Tisch, auf dem eine Steppdecke lag. Obwohl das Zimmer mit Teppichen ausgelegt war und nicht mit den herkömmlichen gewebten Tatami-Matten, war ich sicher, dass es sich um ein Wohnzimmer handelte. Doch wie wir gesehen hatten, als wir am ersten Tag vom Torweg aus hereingeschaut hatten, war es ein ziemlich gespenstisches Wohnzimmer. Ein mit alten Büchern gefülltes Regal reichte bis zur Decke, und das Zimmer war voller seltsamer Ausstattungsstücke, wie einem aus grünem Stein gehauenen Drachen und einem Wandbehang mit merkwürdigen Schriftzeichen, die wie die dünnen Haare eines Koboldes aussahen. Neben der gläsernen Schiebetür, die in den Garten führte, stand eine beeindruckende Kommode, sie war pechschwarz und hatte goldene Metallgriffe. Vor dieser Kommode lag auf dem Boden der Futon. Ich legte mich mit dem Rücken zur Kommode hin, musste dann aber feststellen, dass ich in die Augen eines alten Mannes auf einem verblichenen Foto starrte, das in einem Rahmen auf dem buddhistischen Hausaltar stand. Er hatte nicht ein einziges Haar auf dem Kopf, aber sein weißer Bart bedeckte fast seine ganze Brust, und obwohl er eher schüchtern wirkte, hatte seine Gesellschaft etwas recht Beängstigendes. Zu meiner Erleichterung hatte die Vermieterin endlich alle Rollos geöffnet, entweder aus Rücksicht auf mich oder ganz einfach, weil sich das Wetter geändert hatte.

Jeden Morgen fuhr ich mit einem Kamm durch meine kurzen Haare, zog meinen besten Schlafanzug mit dem Erdbeermuster und eine dicke blaue Wolljacke an und ging hinunter zur Hausbesitzerin. Wenn ich sie begrüßt hatte, kroch ich unter die schwere wattierte Decke auf dem Futon. An den ersten zwei oder drei Tagen war ich zu nervös, um zu schlafen. Ich lag unter der Decke und lauschte dem Ticken der Uhr, ich konnte nicht einmal vor mich hin dösen, während die Vermieterin, weil sie dachte, ich schliefe, oder weil es ihr egal war, nur mit mir sprach, wenn es an der Zeit war, Fieber zu messen oder meine Medizin zu nehmen.

Aber ich konnte nicht den ganzen Tag einfach nur daliegen. Gegen Mittag stand ich auf, um die zwei Reiskugeln zu verzehren, die meine Mutter für mich bereitgestellt hatte. Die Vermieterin aß immer das Gleiche: kalten Reis, in Sojasoße gedämpften Seetang und Miso-Suppe mit Rüben. Sie gab mir immer ein wenig Suppe ab, aber in der Miso-Suppe meiner Mutter waren nie Rüben, und die Suppe der Vermieterin sah so widerlich aus, wie nur sie selber es zustande bringen konnte. Sie ließ die Suppe kochen, bis die Rübe fast zu Mus geworden war, und die Brühe war so salzig, dass ich jedes Mal vor Durst fast verzweifelte.

Die Vermieterin, die meinen Ekel offenbar nicht bemerkte, schlürfte immer alles bis zum letzten Tropfen, fischte sorgfältig mit ihren Stäbchen etwaige übrig gebliebene Rübenblätter aus der Schale und stopfte sie in ihren Mund. Obwohl sie nur noch drei Zähne hatte, und zwar allesamt im Unterkiefer, zermatschte sie damit alles, von Gewürzgurken bis zu steinharten Keksen. Ich konnte oft den Blick nicht von ihrem Gesicht abwenden, wenn ich ihr beim Essen zusah. Wenn ich dann das Gefühl hatte, dass meine Seele jeden Moment in ihren höhlenartigen Schlund gesaugt werden könnte, bedachte sie mich mit einem scharfen Blick und sagte: »Meine Güte, du bist ja vielleicht eine Trödelliese!« Worauf ich eilig meine Schale an den Mund hob, denn wenn sie meiner Mutter gesagt hätte, dass ich keinen Appetit hatte, dann wäre der Tag meiner Entlassung aus dieser Vorhölle noch weiter hinausgeschoben worden.

Noch schlimmer als die Suppe war ein Getränk namens *senjicha*, das die Vermieterin mir einflößte, ein herber Kräutertee. Sein Geschmack war unbeschreiblich, er war bitter und sauer zugleich, und sie trank ihn jeden Tag. »Das ist gut für den Kreislauf«, sagte sie immer. Als ich diesen Tee am ersten Tag zu mir nehmen musste, wusste ich sofort, dass dieses Gebräu an dem seltsamen Geruch schuld war, der das ganze Haus durchzog. »Wenn du wieder gesund werden willst, dann solltest du ihn wirklich trinken. Mach dir keine Sorgen. Du gewöhnst dich schnell daran.« Mit Tränen in den Augen würgte ich den Tee hinunter und versuchte verzweifelt, den Brechreiz zu unterdrücken. Daran gewöhne ich mich nie, dachte ich resigniert, nicht einmal, wenn ich so alt werde wie sie.

Stumm ließ ich diese Tage der Suppe, des *senjicha* und der schweren Steppdecke über mich ergehen. Ich wusste nicht, was ich sagen sollte, und fügte mich in mein Schicksal in dem Glauben, es sei besser, zu schweigen, als zu reden und das Falsche zu sagen. Ich frage mich, was die Vermieterin damals dachte. Vielleicht fühlte sie sich in ihrer Abneigung gegenüber Kindern einfach bestätigt.

Ich kann mich noch genau daran erinnern, wie die Vermieterin und ich zum ersten Mal das führten, was man als richtiges Gespräch bezeichnen könnte.

»Ich muss zum Augenarzt, ich bin bald wieder da.«

Seit ich tagsüber bei ihr war, ging sie zum ersten Mal aus dem Haus. Es gefiel mir zwar gar nicht, jeden Tag bei ihr verbringen zu müssen, aber trotzdem hätte ich jetzt gern gesagt: »Moment mal. So war das aber nicht abgemacht.« Da sie ihre Pläne jedoch ohne das geringste Zögern bekannt gab, als sei dieser Gang das Natürlichste auf der Welt, konnte ich nur stumm dazu nicken, ich brachte einfach kein Wort heraus.

Ich sehe, sagte ich mir, auch sie muss allerlei erledigen. Bestimmt bin ich der einzige Mensch auf der ganzen Welt, der den Tag damit verbringt, zu schlafen und aufzuwachen oder höchstens mal ein Buch zu lesen.

Ich fühlte mich schrecklich einsam, als ich hörte, wie sie im Zimmer hin und her lief, sich umzog, sich vergewisserte, dass sie das Gas abgedreht hatte.

Sie ging hinaus in den Nieselregen. Etwas später goss es dann in Strömen und alles wurde immer dunkler. Sie hatte gesagt, sie werde bald wieder da sein, aber wie lange dauerte dieses »bald«? Je mehr ich mir wegen der Zeit Sorgen machte, umso hartnäckiger setzte sich das Ticken der Wanduhr in meinem Gehirn fest. Und wenn ich die Uhr wütend anstarrte, dann ging das Tropfen des Wassers, das draußen aus der Regenrinne lief, mir dermaßen auf die Nerven, dass ich es nicht mehr ertragen konnte. Ich glaubte, mein Fieber steige wieder an, und ich wälzte mich unter der Decke hin und her. Dabei hatte ich die Augen halb geöffnet, ich wusste nicht, ob ich sie schließen sollte, um den Anblick der Dinge auszusperren, die mich umgaben – die Bücher mit ihren von der Sonne gebleichten Rücken, das Foto des Mannes der Vermieterin, den vergilbten Wandbehang, die nackten Krallen des grünen Drachen –, oder ob es besser wäre, all diese Dinge genau im Auge zu behalten.

Dann bin ich wohl eingeschlafen. Als ich erschrocken die Augen wieder aufriss, war es so hell im Zimmer, dass alles um mich herum wie Gold zu funkeln schien. Einige Augenblicke lang blieb ich wie betäubt liegen. Ich schaute zur Uhr hinüber, es war schon nach Mittag. Etwa zwei Stunden waren vergangen, seit die Vermieterin das Haus verlassen hatte. Und mir hatte sie gesagt, sie werde bald zurück sein! Natürlich konnte ich nicht zugeben, dass ich tatsächlich auf sie wartete.

Die Dunkelheit von vorhin war wie ein Traum verflogen. Ich stand vom Futon auf und öffnete die Glastür, die in den Garten führte.

Zum ersten Mal in meinem Leben ging mir auf, was es bedeutet, frische Kraft zu schöpfen. Ich füllte meine Lunge mit der kühlen Herbstluft, die nach dem Regen ganz frisch wirkte,

und sah, dass es die Pappel war, die alles wie Gold funkeln ließ.
Ich vergaß die Kälte und starrte an dem riesigen Baum hoch, der in den kristallklaren Himmel hineinragte. Ein durchscheinendes Licht sickerte durch seine gelben Blätter. Wann hatte er sich verfärbt? Ich wusste es nicht. Ich hatte ihn in diesem Sommer jeden Tag betrachtet. Was war seither passiert?
In diesem Moment brach der Hund, der drei Häuser weiter an der Ecke lebte, in wütendes Gebell aus. Er war ein hoffnungsloser Köter, der alle anblaffte. Offenbar ging jemand an seinem Haus vorbei. Als ich dann zur Hecke hinüberschaute, sah ich, wie ein grüner Regenschirm sich näherte. Jemand kam auf mich zu, mit aufgespanntem Schirm, obwohl der Regen doch aufgehört hatte. Es war die Vermieterin.
Sie schwankte bei jedem Schritt hin und her, vielleicht, weil ihr Rücken so krumm war. Auch die Tasche, die an ihrem Ellbogen hing, schaukelte, verschwand hinter der Hecke und tauchte wieder auf.
Plötzlich löste sich ein Vogel, etwas kleiner als eine Taube, mit einem durchdringenden Schrei aus den Blättern der Pappel, und die Vermieterin blieb stehen. Sie reckte den Hals wie eine Schildkröte und schaute zum Himmel hoch, wobei sie den Schirm auf ihrem krummen Rücken ruhen ließ.
Sie sieht genauso aus wie Popeye, dachte ich. Aber ihr Gesicht war weniger boshaft als sonst.
Als sie mich auf dem schmalen Absatz vor der Schiebetür entdeckte, wirkte sie ein wenig verblüfft. Die frische Luft gab

mir Kraft und es hob meine Laune, dass ich die Vermieterin überrascht hatte. Sie war nie aus der Ruhe zu bringen und ließ sich nie dazu herab, Kindern gegenüber einen sanften, liebenswürdigen Tonfall einzuschlagen.

Ich teilte mit lauter, ein wenig heiserer Stimme mit: »Es regnet nicht mehr, wissen Sie.« Aber sie lächelte nur, ihr Mund wurde zu einer einzigen riesigen Runzel, die unter ihrer Nase fast vollständig begraben war. Sie machte keinen Versuch, den Regenschirm zu schließen.

Ich schob meine Füße in die hölzernen und vom Regen noch nassen Sandalen, die sie vor dem Absatz stehen hatte, und ging durch den Garten zum Tor. Es quietschte immer, wenn es geöffnet wurde, aber trotzdem hatte sie es seit dem Zwischenfall mit der Waschmaschine geschlossen gehalten.

Ich machte es für sie auf und versuchte es noch einmal. »Es regnet nicht mehr.«

»Ich weiß.« Dann folgte sie meinem glotzenden Blick und fügte hinzu: »Der soll trocknen.«

»Hä?«

»Du musst deinen Schirm immer trocknen, wenn du ihn im Regen benutzt hast. Wusstest du das nicht?«

Ihr gelassener Tonfall schien anzudeuten, dass es völlig normal sei, Schirme zu trocknen, während man die Straße entlangging, und ich konnte darauf nur erwidern: »Sicher weiß ich das.«

»Dann mach, dass du ins Haus kommst. Du darfst nicht im Schlafanzug hier draußen sein«, sagte sie und steuerte schon die gläserne Schiebetür an. Sie ließ ihren immer noch feuchten Schirm auf der Steinstufe stehen, schob sich vor Anstrengung grunzend durch die Tür und verschwand im Haus. Sie vergaß nicht, ihre Schuhe mitzunehmen, um sie ordentlich in die Diele zu stellen. Ich blieb am Tor stehen und nieste. Das war mein erstes richtiges Gespräch mit ihr, an das ich mich erinnern kann. Nicht lange danach ertappte ich sie an einem sonnigen Tag mit aufgespanntem Regenschirm. Als ich sie darauf hinwies, dass es doch ganz trocken sei, wehrte sie mit der Mitteilung ab, sie nutze den Schirm auch als Sonnenschirm.

»Essen Sie gern Rüben in der Miso-Suppe?«, fragte ich sie eines Tages.
»Ja, das schon.«
»Warum?«
»Warum? Das ist eben so. Man braucht keinen Grund, um etwas zu mögen oder nicht, weißt du.«
Obwohl sie nie viel mit mir sprach, antwortete sie doch, wenn auch ein wenig schroff, sobald ich eine Frage stellte. Eine typische Unterhaltung konnte so aussehen:
»Wie alt sind Sie, Frau Yanagi?«
»Hmm. Das wüsste ich auch gern.«
Aber manchmal sagte sie auch mehr. Eines Tages fiel mir eine kahle Stelle an ihrem Hinterkopf auf. Ihre Haare waren schlohweiß, ohne eine Spur von Gelb, und sie legten sich in einer leichten Welle, die ihnen Fülle gab. Sie waren hinten

kurz geschnitten und im Nacken ausrasiert. Wenn sie über etwas nachdachte, legte sie ihren Handrücken auf ihren Hinterkopf. Zwischen den weißen Haaren dort sah ich ihre Kopfhaut, so glatt und glänzend, dass ich nicht glauben konnte, dass es sich um die gleiche Haut handelte, die ihr zerfurchtes, verwittertes Gesicht bedeckte.

»Können auch Mädchen eine Glatze bekommen?«, fragte ich, so taktvoll ich nur konnte. Aber obwohl ich sicher war, dass sie niemals durchschauen würde, woran ich wirklich dachte, sagte sie: »Ach, du meinst das hier«, und berührte ihre Haare. Ich war entsetzt, aber ihr schien es nichts auszumachen.

»Ich war sehr heikel, als ich jung war. Alles musste genau richtig sein. Wenn ich mir einen Dutt machte, dann zog ich die Haare so fest zusammen, dass sich meine Gesichtshaut spannte. Und deshalb habe ich das hier.«

»Was ist ein Dutt?«

»Ein Dutt ist ein Dutt. Das ist die Frisur, die Leute früher hatten.«

»Wie in den Samuraifilmen im Fernsehen?«

»Das ist schon etwas länger her als das, was ich meine, aber es geht in dieselbe Richtung.«

»Haben Sie auch einen Kimono getragen?«

»Natürlich. Das taten damals alle.«

»Und wenn man sich die Haare zu fest zieht, dann bekommt man eine Glatze?«

»Richtig. Du solltest besser vorsichtig sein.«

»Das werde ich.«

Ich glaube, als ich meine Aufmerksamkeit nach außen richtete, fing ich an, die Welt wieder an mich heranzulassen.
Ich sah gern zu, wie die Pappel jeden Tag mehr Blätter verlor. Als ich durch die jetzt spärlicheren Blätter eine rote Frucht entdeckte, war ich sehr aufgeregt.
»Das ist ein Schlangenkürbis«, sagte die Vermieterin. »Die Ranken schlingen sich um den Baum. Die Vögel werden bald daran picken.«
Um diese Zeit fiel mir auch auf, dass oft streunende Katzen im Garten waren. Sie schienen sich dort wohl zu fühlen, sie krochen in das Gewirr von Pfingstrosen und Strauchiris oder lagen am Rand der blauen Kohlenpfanne aus Porzellan, die mitten im Hof stand. Zusammen mit dem Mittagessen, das meine Mutter für mich vorbereitet hatte, brachte ich von nun an immer eine Tasse Milch mit zur Vermieterin. Obwohl sie knurrte, sie hasse Katzen, weil die in ihren Hof kackten und die Vögel verjagten, gab sie mir eine Untertasse mit einem Sprung, in die ich die Milch goss. Ich stellte sie vor das Wäschegestell gleich neben den schmalen Absatz vor der gläsernen Schiebetür.
Eines Tages kehrte das Fieber zurück und die Vermieterin legte wieder den Futon für mich aus, damit ich mich ausruhen könnte. Im Halbschlaf hörte ich sie draußen reden. »Jetzt geht das wieder los. Das muss sofort aufhören.« Ich stand auf und öffnete die Schiebetür. Es war zwar ein klarer, sonniger Tag, aber die Luft war schneidend kalt. Sicher war inzwischen schon November.

Sie stand im Hof und schaute aus zusammengekniffenen Augen zu der Stelle hoch, wo das Laub jetzt sehr dünn wurde, umgeben von vier oder fünf Katzen. Anders als sie hatten die Katzen sich gekrümmt, sie starrten den Boden an und schienen energisch zu kauen. Die Vermieterin hob noch einmal ihre Stimme zum Himmel. Ihr Hals war durch das Alter schlaff geworden und ihre Stimme schlug in ein schrilles Falsett um, als sie zu rufen versuchte: »Fräulein Sasaki. Hören Sie damit auf. Ich habe Ihnen das schon so oft gesagt. Von mir aus können Sie die Katzen gern füttern, aber werfen Sie ihnen nichts mehr herunter. Kommen Sie nach unten und füttern Sie sie hier an Ort und Stelle.«

Ich beugte mich aus der Tür und schaute ebenfalls nach oben. Ich konnte Fräulein Sasakis blasses Gesicht sehen, sie schien eben erst aufgewacht zu sein und schaute aus dem Fenster der nach Westen gelegenen Wohnung.

Fräulein Sasaki arbeitete für eine Firma, die Kostüme für Theaterstücke und Revuen herstellte, wie sie in Vergnügungsparks aufgeführt werden. Sie trug immer enge Jeans und rauchte auch auf der Straße. Ich hatte sie nie mit Make-up gesehen. Obwohl sie eher im Alter meiner Mutter war, kam sie mir vor wie eine Studentin.

Sie hatte mich einmal angesprochen, als ich das Milchschälchen für die Katzen neben den Wäscheständer gestellt hatte. »Sicher bist du die kleine Hoshino.« Ich nickte, sagte aber nichts. »Wie alt bist du?« Ich zeigte ihr sechs Finger. Ich rechnete schon damit, dass sie einen Kommentar zu diesem reichlich kindischen Benehmen abgeben würde, aber sie achtete nicht darauf, sondern hockte sich neben mich und sagte ganz unerwartet: »Ich möchte dich etwas fragen. Versuchst du, meine Frisur nachzuahmen?«

Wir trugen wirklich den gleichen Pagenschnitt. Ich blieb mäuschenstill, ich konnte nicht einmal den Kopf schütteln, so sicher war ich mir, dass es sie empörte, dass ein Kind wie ich die gleiche Frisur hatte. Aber dann sagte sie: »He, keine Angst. Ich wollte dich doch nur darauf aufmerksam machen, dass wir eine Gemeinsamkeit haben. Aber vielleicht hast du ja keinen Sinn für Humor.« Und mit diesen Worten stieß sie eine Rauchwolke aus und ging langsam die Treppe hoch.

Wieder hob die Vermieterin ihre Stimme. Sie schien ziemlich verärgert zu sein. »Fräulein Sasaki, haben Sie verstanden? Wenn Sie die Katzen füttern, dann machen Sie das bitte …«

»'tschuuuuuldigung!« Fräulein Sasaki zog den Kopf zurück und schloss achtlos das Fenster.

Von meinem Posten auf dem Absatz aus schaute ich mich genauer auf dem Hof um und entdeckte den Zipfel einer Wurst aus Fischpaste, die auf dem Boden lag. Der kräftigste Kater lief hinüber und schnappte sie rasch mit den Zähnen. Die anderen Katzen schauten weiter nach oben, als warteten sie auf neue Köstlichkeiten, die vom Himmel fielen. »Pech gehabt, ihr armseligen Viecher«, knurrte die Vermieterin, als sie ihre Sandalen auszog. Dann wandte sie sich an mich: »Geh lieber wieder ins Bett, sonst wird dein Fieber noch schlimmer.«

Sie kam mir ziemlich gereizt vor, deshalb schlüpfte ich rasch unter die Decke. Darunter war es warm und behaglich, und ich zitterte aufgrund dieses plötzlichen Temperaturwechsels.
»Dieses Fräulein Sasaki. Wenn sie nicht ganz bei sich ist, macht sie immer so seltsame Dinge.« Sie knurrte weiter vor sich hin, auch als sie sich bereits wieder am *kotatsu* niedergelassen hatte.
»Wenn sie nicht ganz bei sich ist, füttert sie dann immer die Katzen von oben?«, fragte ich, während nur meine Augen über den Deckenrand lugten.
»Wer weiß.«
»Aber das haben Sie doch eben gesagt.«
»Dann tut sie es wohl.«
Ich dachte einen Moment nach. »Sie irren sich«, sagte ich.
Die Vermieterin musterte mich überrascht. »Wieso irre ich mich?«
»Ich glaube, sie tut es, weil es ihr Spaß macht.«
»Du meinst, es ist für sie ein Spiel, in ihrem Alter? Larifari!«
Die Art, wie sie »Larifari« sagte, kam mir komisch vor und ich kicherte los. Sie starrte mich wütend an, ihre Augen funkelten. »Und falls du vorhattest, das auch mal zu versuchen, dann überleg es dir lieber wieder anders.«
Natürlich verstreute Fräulein Sasaki auch weiter ihre himmlischen Leckerbissen und trieb die Vermieterin damit zur Verzweiflung, und obwohl ich wusste, dass das sehr hässlich von mir war, fand ich es ungeheuer witzig.

– 4. Kapitel –

Die Vermieterin aß ungeheuer gern Süßigkeiten und brachte immer eine Leckerei aus dem Nishikawa-Laden mit, wenn sie vom Augenarzt zurückkam. Bei dieser Leckerei handelte es sich um vier *mamedaifuku*, ein Konfekt aus klebrigem Reis, mit schwarzen Bohnen verziert und gefüllt mit süßem Bohnenmus.

Immer nahm sie dann zwei davon und legte jedes auf einen Teller für sich. Sie reichte mir den einen, den anderen trug sie zu ihrem buddhistischen Familienaltar. Dort schlug sie einen kleinen Messinggong an, faltete die Hände zum Gebet, zog dann die eben erst dort abgestellte Süßigkeit zurück und fing an, sie zu essen.

»Aber es sind doch noch welche übrig, die Sie als Opfer verwenden könnten«, wagte ich eines Tages zu sagen und betrachtete dabei die zwei restlichen Süßigkeiten in der Plastikverpackung.

»Mein Professor hat nie gern Süßigkeiten gegessen. Und außerdem kommt es auf die gute Absicht an«, sagte sie gleichgültig und kaute gelassen weiter. Sie nannte den Mann mit dem langen weißen Bart, dessen Foto auf dem Altar stand, immer »mein Professor«.

Inzwischen hatte ich mich fast wieder erholt und war in meinem Studium der Vermieterin sehr viel weiter gekommen, weshalb ich die Behauptung, er habe nie gern Süßigkeiten gegessen, als Lüge entlarvte. Sie besaß einfach einen fanatischen Ordnungssinn.

Obwohl sie nur ungern Wäsche wusch und Kochen so sehr hasste, dass ihr ohnehin schon verkrümmter Leib vor Ärger zu schrumpfen schien, wenn sie in der Küche stand, war sie doch sehr rasch, wenn es ums Aufräumen ging. Ob es sich nun um Messer, Nagelschere, Kugelschreiber oder frisch getrocknete Wäsche handelte, wenn sie einen Gegenstand nicht im selben Moment noch brauchte, wurde er weggeräumt, auch wenn sie wusste, dass sie ihn fünf Minuten später benötigen würde. Und bis sie etwas weggeräumt hatte, kam ihr Blick einfach nicht zur Ruhe.

Ich wusste also, dass sie es einfach nicht ertragen konnte, zusehen zu müssen, wie die Süßigkeiten auf dem Altar vertrockneten und Staub sammelten. Genauso ging es mit dem frisch gekochten Reis, den sie jeden Morgen als Opfer dorthin stellte – sie schlug nur einmal auf den Gong, schnappte dann den Reis weg und kippte ihn wieder in den Reiskocher.

In unserer Wohnung oben hatten wir einen nagelneuen Hausaltar. Ich kam aber nicht gegen das Gefühl an, dass dieser Altar und sogar das darauf aufgestellte Foto meines Vaters unzugänglich seien. Obwohl sie manchmal in Gedanken versunken davor saß, schien es auch meiner Mutter schwer zu fallen, sich an einen Altar zu gewöhnen, der zwar alle Äußerlichkeiten aufwies, aber keine Substanz besaß. Die Früchte, die sie als Opfer hinlegte, blieben immer lange dort liegen.

»Warum machen Sie sich überhaupt die Mühe, etwas auf den Altar zu legen?«

Die Vermieterin nahm eine der beiden verbliebenen Süßigkeiten, für sie also die zweite Portion, aus der Verpackung.

»Nimm du die andere.«

Ich schüttelte den Kopf. »Warum tun Sie das?«

»Nun ja, siehst du …«

»Obst zum Beispiel – wenn Sie das als Opfer hinlegen, dann verfault es einfach nur.«

Sie neigte ihren Kopf ein wenig zur Seite.

»Meine Mutter spricht nie über meinen Vater. Aber sie legt trotzdem Opfergaben auf den Altar.«

Ich gab mir alle Mühe, mit meinem begrenzten Wortschatz zu erklären, was ich mir so dachte. Die Tatsache, dass die Bananen, die wir auf den Altar legten, wie ganz normale Bananen, die man liegen lässt, schwarz wurden, bewies für mich, dass wir – Mutter und Kind – in keiner Verbindung mehr zu meinem Vater standen. Wenn mein Vater wirklich über mich wachte, wie die Trauergäste bei der Beisetzung behauptet hatten, warum nahm er dann keine Notiz von unseren Gaben?

»Wenn er wirklich da wäre, dann müsste doch etwas Überraschendes passieren. Dass das Obst plötzlich verschwindet oder nicht fault …«

Ich verstummte, denn mir war eine plötzliche Erkenntnis gekommen. An dem Tag, an dem mein Vater gestorben war, waren meine Mutter und ich, wie die verfaulenden Früchte, verlassen worden, ohne etwas daran ändern zu können …

»Dein Vater wacht über dich«, sagte die Vermieterin.

»Das stimmt nicht!«, widersprach ich, plötzlich trotzig. »Sie kennen ihn doch überhaupt nicht.«

»Ich brauche ihn nicht zu kennen, um zu wissen, dass er über dich wacht.«

»Wie können Sie das wissen, wenn Sie niemals tot gewesen sind?«

»Ich brauche nicht tot gewesen zu sein. Ich bin dem Grab schon viel näher als du.«

»Na, und warum sind Sie dann noch nicht tot?«

»Das ist das Einzige, worüber wir keine Kontrolle haben.« Trotz meiner Aggressivität bewahrte sie Ruhe. »Schließlich bin ich kein Gespenst, also werde ich bestimmt eines Tages sterben.«

»Aber wann ist eines Tages?«

»Ja, das ist die Frage.« Sie machte es sich auf ihrem Kissen wieder gemütlich und bedachte mich mit ihrem üblichen einrunzligen Lächeln. »Es spielt keine Rolle, wann ich sterbe. Aber ich habe eine Aufgabe zu erfüllen.«

»Eine Aufgabe?«

»Genau.«

Sofort war mein Frust vergessen. »Was denn für eine Aufgabe?«
»Kannst du ein Geheimnis für dich behalten?«
»Ja.«
»Dann werde ich es dir erzählen.« Sie leckte sich die Fingerspitze und las den weißen Mehlstaub auf, der von der Süßigkeit auf ihren Rock gefallen war.
»Aber würdest du zuerst die Wäsche für mich hereinholen?« Sie räusperte sich und trank einen Schluck Tee.

Als die Vermieterin mir sagte, es sei ihre Aufgabe, Briefe zu übermitteln, tauchte vor meinem inneren Auge ein Bild auf und ich sah sie auf einem robusten roten Motorroller vorbeifahren.
»Sie sind Postbote?«
Sie krümmte sich auf ihrem Kissen zusammen und schmunzelte. »He, he, he. Für die nächste Welt, ja.«
»Was?«
»Ich bringe Post in die nächste Welt. Wenn ich an die Reihe komme, dann werde ich Briefe aus dieser Welt mitnehmen.« Sie griff zu einem Papiertuch und stopfte es sich in ein Nasenloch. »In letzter Zeit hat es nicht viel geregnet«, sagte sie dann. Ich zog den Papierkorb näher heran und ließ ihn in ihrer Reichweite stehen. Ich fand es schrecklich, ihre Papiertücher mit den getrockneten Popeln wegwerfen zu müssen.
»Wenn du einen Brief hinschicken kannst, dann ist das etwas anderes, als nur zu denken, dass du in Verbindung zu jeman-

dem in der nächsten Welt stehst, weißt du, auch wenn du das aus tiefstem Herzen glaubst.«

»Warum?«

»Weil der Brief wirklich ankommt.«

Ich fand es schwer, das alles zu verstehen. In Gedanken sah ich sie noch immer auf dem roten Postroller, mit einem weißen Papierdreieck auf der Stirn, wie man sie dem Leichnam bei der Beisetzung auflegt, während ihr offener zahnloser Mund lachte.

»Als meine Großmutter starb«, setzte sie an, knüllte das Papiertuch zu einem kleinen Ball und ließ ihn in den Papierkorb fallen, »habe ich ihr gesagt, als sie in ihrem Sarg lag: Bitte bring meinem Vetter Kosuke diesen Brief.«

»Sie haben den Brief in ihren Sarg gelegt?«

»Ja, genau.«

»War Ihre Großmutter richtig alt?«

»Ja. Richtig alt. Aber ich glaube, sie war doch jünger als ich heute.«

»Sie waren ein Kind?«

»Ja, ein Kind. Ich war gerade erst neun.«

Ich versuchte, sie mir mit einer Schultasche vorzustellen, aber das war einfach unmöglich.

»Kosuke war um einiges älter, aber er spielte oft mit mir. Er war sehr lieb.«

»Und er ist gestorben? War er krank?«

Sie nickte. »Es war ein Jahr der Trauerfeiern. Zuerst fiel mein Onkel, der dem Hauptzweig der Familie angehörte, in den

Fluss, dann bekam Kosuke eine Erkältung, die immer schlimmer wurde, und schließlich meine Großmutter …«

»Was haben Sie in diesem Brief geschrieben?«

»Dass er mich noch einmal besuchen sollte.«

Ich hielt den Atem an. Ich dachte an ein Manga, das ich beim Zahnarzt gelesen hatte. Ich glaube, es war eine berühmte Geschichte in einer neuen Fassung für Kinder. Sie handelte von einem Ehepaar, das seinen Sohn im Krieg verloren hatte. Dann fanden sie eine mumifizierte Affenpfote, die ihnen drei Wünsche gewährte. In einer stürmischen Nacht kehrte ihr toter Sohn aus dem Grab zurück, mit zwei hohlen Löchern, wo seine Augen gesessen hatten, und verwesendem Fleisch unter seiner zerfallenden Kleidung …

»Ist er von den Toten zurückgekehrt?«, flüsterte ich heiser, aber die Vermieterin schaute zu der letzten verbliebenen Süßigkeit, wie um zu sagen: »Es eilt nicht.«

»Bist du sicher, dass du das nicht willst?«

»Ja. Bitte sehr. Essen Sie.«

»Na gut. Und würdest du mir noch eine Tasse Tee eingießen?«

Sie trank den Tee, den ich ihr ungeschickt eingeschenkt hatte, und verschlang die dritte Süßigkeit. Danach räusperte sie sich mehrere Male, putzte sich dann die Nase, fuhr mit den Händen durch ihre Haare und bat mich um eine weitere Tasse Tee.

Dann, als ich es vor Ungeduld nicht mehr aushielt, sagte sie: »Und das hier ist jetzt wichtig«, worauf sie endlich ihren

Bericht wieder aufnahm. »Nachdem mein Vetter Kosuke gestorben war, fing ich an schlafzuwandeln.«

»Sie sind geschlafwandelt?«

»Ja.«

»Sie machen Witze!«

»Nein, tu ich nicht. Morgens waren meine Füße und meine Bettwäsche mit Lehm bedeckt. Niemand konnte begreifen, was vor sich ging. Meine Mutter hat einmal mit einem Leinenstreifen mein Bein an ihres gebunden, aber da sie mir nicht wehtun wollte, hatte sie den Knoten nicht fest genug gemacht, er ging auf und ich wanderte los, durch den ganzen Garten. Es ist schon seltsam, aber obwohl ich doch schlafwandelte, bin ich nie von einer hohen Kante gefallen oder habe mich auf irgendeine Weise verletzt.« Sie nickte vor sich hin. »Das ist eine geistige Störung, die Somnambulismus genannt wird, weißt du.«

»Sie meinen, Sie waren krank?«

»Ja, das war ich.« Sie schien fast stolz darauf zu sein.

»Weil Sie so traurig über den Tod Ihres Vetters waren?«

»Ja, ich war traurig, sicher. Aber nicht nur traurig – irgendwie hatte ich auch Angst. Denn jemand, mit dem ich jeden Tag gespielt, mit dem ich meine Mahlzeiten geteilt hatte, war plötzlich nicht mehr da.« Sie hatte die Augen geschlossen. Ohne es selber zu merken, nickte ich zu ihren Worten, und als habe sie mich gesehen, sagte sie: »Du verstehst das.«

»Ja.«

Aber im nächsten Moment gingen ihre Gedanken in eine

ganz andere Richtung als meine. »Er war meine erste Liebe, weißt du.«

Sie kniff die Augen zusammen wie eine Katze, die in der Sonne döst, und dann stieß sie hörbar die Luft durch die Nase aus: »Hnn, hnn, hoo.« Ich wusste nicht, ob sie einfach schnaubte oder doch lachte.

Weil ihre erste Liebe mich nicht interessierte, kam ich auf das ursprüngliche Thema zurück. »Und sind Sie wieder gesund geworden?«

Sie wurde aus ihrer Träumerei gerissen und schlug sich auf die Knie. Dabei rief sie: »Genau das. Sowie meine tote Großmutter meinen Brief mitgenommen hatte, hörte mein Somnambulismus auf, einfach so.«

»Wirklich?«

»Sicher hat Kosuke ihn gelesen und mich geheilt, meinst du nicht? Ich hatte ihm doch geschrieben, dass ich krank war.«

»Glauben Sie das wirklich?«

»Natürlich. Denn das ist noch nicht alles. Er ist mir wieder begegnet.«

Endlich näherten wir uns dem Kern der Geschichte und ich beugte mich vor. Dann war ihr wirklich auf dem Friedhof ein Zombie begegnet, dachte ich. Und dieses entsetzliche Ereignis hatte ihr Gesicht entstellt …

Sie streckte langsam die Hand aus. Ängstlich folgte ich der Bewegung ihres Fingers in Richtung auf den bärtigen alten Mann auf dem Schwarzweißfoto. Seine Augen waren klein und schüchtern, wie immer.

»Als ich meinem Professor zum ersten Mal begegnet bin ...«

»Ja?« Ich hielt den Atem an.

»Ich konnte es nicht fassen. Er sah genauso aus wie Kosuke. Kosuke hat mich und meinen Professor zusammengeführt.«

»Sie sahen sich ähnlich?«

»Ja.«

»Wie ähnlich?«

»Wie ähnlich? Wie zwei Doppelgänger. Gesicht, Körperbau, die Form der Fingernägel. Und hier am Hals ...« Sie hob ihr Kinn und fasste die runzlige Haut ihres eigenen Halses an. Farbe, Form und Größe entsprachen genau dem dreieckigen Kopf eines getrockneten Tintenfisches. »Genau hier an dieser Stelle hatten sie beide ein Muttermal.«

»Hmmmmm.« Also doch kein Zombie, dachte ich, ein wenig enttäuscht, aber dann sah ich mir noch einmal das Foto des alten Mannes an.

»Hatte Ihr Vetter eine Glatze?«

»Nein, du Dummkopf. Als junger Mann hatte mein Professor einen richtigen Haarschopf.«

»Ach.«

»Obgleich er dann schon ziemlich früh kahl geworden ist ...« Sie erhob sich mit einem Grunzen, setzte sich dann vor den Altar, schlug den Gong und fing an zu beten. Obwohl ich das Gefühl hatte, dass wir für die ewige Ruhe der dahingeschiedenen Haarpracht ihres Professors beteten, faltete auch ich die Hände.

»Jedenfalls«, die Vermieterin drehte sich um und schaute

mich wieder an, »war ich sehr froh darüber, dass meine Großmutter den Brief für mich mitgenommen hatte.«

»Als Ihr Mann gestorben ist, haben Sie ihm dann auch einen Brief für Kosuke mitgegeben?«

»Nein.«

»Warum nicht?«

»Natürlich, weil ihn das eifersüchtig gemacht hätte. Und außerdem ...«, sie erhob sich mit steifen Gliedern und ließ sich wieder auf dem Kissen nieder, »als er starb, habe ich mir das überlegt, weißt du. Ich dachte, ich brauchte niemanden mehr, der Briefe für mich überbrachte. Jetzt nehme ich Briefe für andere mit. Das ist die Aufgabe, von der ich vorhin gesprochen habe.«

Ach so, dachte ich beeindruckt. Ich konnte nicht alles verstehen, aber ihre Worte klangen überzeugend.

»In meinem Alter könnte meine Seele doch jeden Moment abberufen werden. Jetzt ist die Zeit gekommen, meinen Lohn zu verdienen.«

»Ihren Lohn? Soll das heißen, dass Sie dafür bezahlt werden?«

Ihre Nasenlöcher blähten sich empört, wie um zu fragen, ob das vielleicht schlimm wäre. »Wenn du einen Brief verschickst, dann klebst du eine Briefmarke darauf, ja? Briefmarken gibt es nicht umsonst, weißt du.«

»Ja, das weiß ich, aber ...«

Da sie sah, dass ich mich damit nicht zufrieden gab, zeigte sie auf die schwarze Kommode mit den goldenen Handgriffen, vor der ich immer schlief.

»Die oberste Schublade da. Die ist voll gestopft.«
»Voll gestopft?«
»Voll gestopft.« Sie nickte feierlich.
Meine Augen hingen an der Schublade. Das war die Schatzkiste der Vermieterin! Aber voll gestopft? Unvorstellbar. In der Schublade hätten mit Leichtigkeit zehn Pullover Platz gehabt.
»Meine Mutter – sie zahlt das Geld, das ich zu Neujahr bekomme, immer auf mein Sparkonto ein«, teilte ich mit.
»Du bist ein dummes Mädchen. Briefe! Die Schublade ist voll gestopft mit Briefen. In den zwanzig Jahren, seit mein Professor gestorben ist, habe ich einen recht beachtlichen Kundenkreis gewonnen.«
»Darf ich mal reinschauen?«
»Natürlich. Aber wenn du das tust, dann musst du sie in die nächste Welt bringen.«
Entsetzt riss ich meinen Blick von der Schublade los. »Für was für Leute tun Sie das denn?«
Sie reckte den Hals und richtete ihre leicht trüben, aber doch sehr lebhaften Augen auf mich. »Jetzt hör mir gut zu. Ich werde erst sterben, wenn diese Schublade so voll ist, dass auch nicht ein einziger Brief mehr darin Platz hätte. Mit anderen Worten, ich werde sterben, wenn sie voll ist. Deshalb kann ich nicht von aller Welt Briefe annehmen. Zum Beispiel …«, sie senkte die Stimme, »dieser Postbote, der vorhin hier war.«
»Ich habe sein Gesicht nicht gesehen.«

»Er wollte keine Post austragen. Er wollte mir einen Brief anvertrauen. Weil seine Frau in der Badewanne ertrunken ist.«

»Und?«

»Mehr kann ich dir nicht sagen. Die Namen meiner Kunden sind streng vertraulich.«

Nicht nur ihr Mund, sondern auch ihre Augen schlossen sich ganz fest. Sie saß noch krummer da als sonst und sah aus wie eine altmodische Porzellanfigur.

Plötzlich hörte ich mich selber fragen: »Was kostet das denn?«

Das leise Zittern ihrer Nasenlöcher konnte meinem Blick nicht entgehen. Aber sie sagte mit gleichgültiger Stimme: »Na ja, das kommt immer darauf an. Ein Brief an jemanden, der schon lange tot ist, ist teuer.«

»Warum?«

»Weil es nicht leicht ist, solche Leute drüben zu finden, verstehst du?«

Woher wollte sie das wissen, wo sie doch noch nie gestorben war?

»Aber wenn es um jemanden geht, der noch nicht lange tot ist, dann kann ich es billiger machen. Schließlich hat meine Großmutter es vor langer Zeit für mich sogar umsonst getan.«

»Dann tun Sie es umsonst. Ich werde einen Brief schreiben.«

»Und warum sollte ich es umsonst tun? Damit bin ich nun wirklich nicht einverstanden.«

»Weil ich es erzählen werde, wenn Sie es nicht tun. Allen.«

Sie schaute mir ins Gesicht und schien dabei sagen zu wollen: Ach, so ist das also.

Innerlich war ich geschockt über meine eigenen Worte. Natürlich wollte ich meinem Vater schreiben, aber bisher war ich noch nie auf diese Idee gekommen und ich hatte keine Ahnung, was ich sagen sollte. Eigentlich wollte ich nur verlangen, dass sie den Brief gratis mitnahm. Ich glaube nicht, dass das Ganze dem Wunsch nach Zuneigung entsprang. Es war eher wie ein mächtiger Impuls.

»Es ist Ihnen also egal, ob ich es weitersage?«

»Na ja.«

»Dann sage ich es.«

»Und ich möchte wissen, ob irgendjemand dir das glauben wird«, schnaubte sie und nippte unbeirrt an ihrem Tee. Ihre Stupsnase war zwischen den Augen fast ganz platt, nur die Nasenspitze ragte nach oben.

Ich starrte sie an, plötzlich war ich schrecklich wütend und sagte ohne nachzudenken: »Sie lügen.«

»Ach? Du meinst, ich lüge, ja?«

»Genau.«

»Hmm.« Sie musterte mich von der Seite. »Warum schaust du dann nicht in der Schublade nach, dann weißt du es doch ganz genau?«

Ich verstummte sofort.

»Na, wie sieht es aus?«

»Aber … Sie haben doch gesagt, dass das ein Geheimnis ist.«

»Das ist es auch.«

»Wenn es ein Geheimnis ist, dann darf ich nicht hineinschauen.«

Sie schwieg, erhob sich, streckte die Arme aus, packte die Handgriffe der Schublade, rüttelte daran und murmelte: »Was haben wir denn hier? Mm, das ist wirklich schwer.« Ihr Rücken war krumm, und auch wenn sie nicht so klein gewesen wäre, wäre es ihr schwer gefallen, die oberste Schublade zu öffnen.

In diesem Moment wusste ich, dass ihr Geheimnis in Sicherheit war. Denn wenn ich in die Schublade schaute, dann würde ich die Briefe für die Toten mitnehmen müssen. Vielleicht hatten schon viele Menschen diesen Fehler gemacht und deshalb an ihrer Stelle sterben müssen. War das das Geheimnis ihres langen Lebens?

»Buhuuu!« Ich konnte es nicht mehr ertragen, schlug die Hände vors Gesicht und sank auf dem Boden in mich zusammen.

Als ich ausgestreckt dort lag, mein Gesicht in ein Kissen gedrückt, hörte ich das Geräusch der Schublade, die geöffnet wurde. Dann raschelte etwas, als werde darin gewühlt, ich hörte den keuchenden Atem der Vermieterin, anschließend spürte ich, dass sie sich näherte, wobei sie einen Duft verströmte, der mich an den Kimono meiner Mutter erinnerte, und ich hörte direkt neben meinem Ohr Papier knistern.

»Willst du nicht hinsehen? Es ist ein ganz neuer. Ein frischer.«

Meine fest zusammengekniffenen Augen füllten sich mit Tränen. Sie kicherte. »Na los. Mach die Augen auf, nur ein bisschen.«

Ich presste mein Gesicht so energisch ins Kissen, dass mir die

Luft wegblieb. Dann hörte ich, wie sie wegging und die Schublade wieder geschlossen wurde.

»Na, na, seht euch das an. Ziehst deinen Kopf ein wie ein Schildkrötenbaby. Eine, die andere Leute als Lügnerinnen bezeichnet, sollte mehr Stolz haben.« Als ich aber in meiner Verzweiflung weiter schwieg, sagte sie plötzlich etwas ganz Unerwartetes: »Für dich mache ich es umsonst. Bring mir deinen Brief.«

»Ist schon gut«, sagte ich und schüttelte wütend den Kopf. »Ich werde keinen blöden Brief schreiben.«

»Ja, das weiß ich.«

»Was?«

»Das weiß ich. Deshalb habe ich gesagt, ich würde es gratis machen.«

Sie lächelte ein schlaues, zufriedenes Lächeln – dieses Lächeln, das ihren Mund in eine einzige lange Falte verwandelte.

– 5. Kapitel –

Am Montag der folgenden Woche ging ich dann wieder in die Schule. Ich hatte keine Angst mehr, etwas zu vergessen, ich fürchtete mich nicht mehr vor Dieben oder Feuer. Das Einzige, wovor ich mich fürchtete, war, dass alle diese Ängste sich wieder einstellen könnten. Obwohl ich es nicht gerade großartig fand, wieder in die Schule gehen zu müssen, schien ich doch zumindest ein wenig zu lernen, mit der Außenwelt klarzukommen.

Als meine Tischnachbarin in der Klasse sagte: »Weißt du, was? Ich habe gedacht, du könntest nicht sprechen«, war ich geschockt von der Erkenntnis, wie seltsam ich den anderen bisher vorgekommen sein musste, aber ich war auch darüber erleichtert, dass sie es mir so offen gesagt hatte. Die Schule verwandelte sich langsam von einer gesetzlosen Wüste mit offenen Schächten in eine Welt, in der mit Worten kommuniziert wurde.

Nach der Schule flog ich geradezu zurück ins Pappelhaus, um der Vermieterin meinen neuesten, am Vorabend geschriebenen Brief anzuvertrauen. Und jedes Mal, wenn ich ihr den

Brief mit der Aufschrift »An Vater, von Chiaki« überreichte, erhob sie sich mühsam, als sei es fast zu viel verlangt, schärfte mir ein, nicht hinzusehen, und legte den Brief in die Schublade der schwarzen Kommode. Ich war mir nicht sicher, ob es ausreichte, wenn ich meine Augen zusammenkniff, und deshalb presste ich beide Hände dagegen. Ich hatte Angst, ich könnte sonst der Versuchung hinzuschauen doch nicht widerstehen. Wenn ich auf die dünne Haut drückte, die meine Augäpfel bedeckte, stiegen vor dem schwarzen Hintergrund träge rote und grüne Blasen auf. Sie schwebten noch einige Augenblicke vor mir in der Luft, nachdem ich die Augen wieder geöffnet hatte.

Ich wüsste gern, wie mir zumute war, als ich diese Briefe schrieb. Ich glaube, anfangs hatte ich kein großes Verlangen danach, mit meinem Vater zu sprechen, obwohl ich doch irgendwo im tiefsten Herzen das Bedürfnis zu schreiben verspürte. Die Tatsache, dass mein Vater tot war, schien jedoch nichts mit den Briefen zu tun zu haben, die ich an ihn richtete. Ich glaube, dass mir einfach die Reaktion der Vermieterin gefiel, wenn sie sagte: »Was? Du kannst schreiben?«, oder: »Ich soll also bald sterben, ja?«

Mein erster Brief lautete so:

Vater,
wie geht es dir? Mir geht es gut.
Auf Wiedersehen

Der Inhalt aller Briefe bis zum vierten war genau gleich. Aber der vierte war anders, nicht weil mir die ersten drei doch zu kläglich vorgekommen wären, aber diesmal hatte ich wirklich etwas zu sagen:

> *Vater,*
> *wie geht es dir? Ich bin heute sieben geworden.*
> *Mutter hat mir einen Geburtstagskuchen gekauft.*
> *Wir haben ihn angeschnitten und ich habe der Vermieterin ein Stück gebracht. Sie bezeichnet Kuchen als westliche Süßigkeiten. Ich habe auch unseren Nachbarn, Herrn Nishioka und Fräulein Sasaki, etwas gegeben. Er hat sehr gut geschmeckt.*
> *Mutter hat mir ein Buch mit dem Titel* Der Drache meines Vaters *geschenkt.*
> *Auf Wiedersehen*

An dieser Stelle musste ich abbrechen und den Brief in einen Umschlag stecken, weil meine Mutter mich ins Bett schickte, aber vom nächsten Tag an beschrieb ich das, was um mich herum passierte, wie es einer Siebenjährigen entsprach. Meine Briefe waren eher wie Tagebucheintragungen. Mit jedem Tag vertiefte ich mich mehr in diese Aufgabe. Es war ein überraschend gutes Gefühl, einem anderen Menschen alle Dinge des täglichen Lebens mitteilen zu können, ohne sich im Geringsten Sorgen machen zu müssen, ihn zu langweilen oder vielleicht von ihm ausgescholten zu werden.

Gegen Ende November wurde die Pappel täglich kahler und fünf rote, reife Schlangenkürbisse hingen von ihr herab. Nach der Schule half ich der Vermieterin, die Blätter zusammenzukehren. Der Bambusbesen war länger als ich und ich habe den Verdacht, dass es eher so aussah, als schiebe der Besen mich vor sich her. Aber ich war eine ausdauernde Arbeiterin. Wenn die Vermieterin sagte: »Diese vielen Blätter, die der Baum abwirft, sind eine Plage für die Nachbarschaft«, dann fegte ich nicht nur den Hof, sondern die ganze Straße, bis zum Eckhaus mit dem kläffenden Hund. Obwohl ich genau wusste, dass ich das am nächsten Tag wieder tun müsste, war ich begierig auf gerade diese Wiederholung. Die Haut zwischen meinem Zeigefinger und meinem Daumen war an der Stelle, wo ich den Besen hielt, oft abgeschürft. Die Vermieterin betupfte sie mit einer schrecklich brennenden Medizin und sagte immer wieder: »Du bist so zart.« Dabei schmunzelte sie glücklich und verglich meine Grimassen mit dem Ausmaß meiner Verletzungen.
Lange zuvor, als der Mann der Vermieterin den Pappelsetzling gepflanzt hatte, noch ehe die Hecke um das Haus gewachsen war, war das Land in der Umgebung weitgehend leer und von Unkraut überwuchert gewesen. Es hatte nur eine Hand voll bestellter Felder gegeben, dazu einige grob gezimmerte Scheunen und einige wenige Bauernhäuser. Zuerst war die Vermieterin enttäuscht gewesen, weil es so aussah wie an dem Ort, an dem sie beide aufgewachsen waren. »›Sind wir vom Land weggezogen, um an so einem Ort zu leben?‹, fragte

ich. Aber mein Professor hatte sich in diese Gegend verliebt. Er war so enttäuscht, als um uns herum neue Häuser aus dem Boden schossen. Und er hatte auch Recht. Früher war es hier schöner. Man braucht kein Laub zu kehren, wenn man nur von leeren Wiesen umgeben ist, nicht wahr?« Und sie schnaubte durch die Nase.

Wenn unser Blätterhaufen zu einem Berg angewachsen war, machten wir oft Feuer. Laub allein fängt nicht leicht Feuer, deshalb goss die Vermieterin ein wenig Kerosin aus einem Kanister, der im Schuppen stand, in eine alte henkellose Tasse. Sie tunkte eine aufgerollte Zeitung hinein und steckte die Zeitung dann mit einem Streichholz an. Mit ihrem gekrümmten Rücken bot sie einen beeindruckenden Anblick, wenn die Zeitung in ihrer Hand wie eine Fackel aufloderte. Sie vergoss das restliche Kerosin aus der Tasse auf dem Blätterberg, steckte ihn an mehreren Stellen mit der Zeitung an und blieb dann für einen Moment bewegungslos stehen. Die Flammen wirkten zuerst sehr scheu, sie lugten wie schüchterne wilde Wesen aus ihrem Nest hervor. Dann plötzlich schüttelten sie ihre Hemmungen ab und schlossen sich zu einer starken, rhythmisch atmenden Lohe zusammen. Ich war jedes Mal von neuem von diesem Anblick überrascht, der so gemütlich wirkte und zugleich so unvorhersagbar war, und die Vermieterin lief nun wieder um das Feuer herum, als sei der Bann gebrochen. Oft hockte ich mich hin und wartete mit angehaltenem Atem, wie ein Fetzen Papier oder ein Blatt sich kräuselten und in den Flammen ihre Form änderten. Das Feuer erinnerte mich daran, wie ich im Krematorium die Knochen meines Vaters gesehen hatte, und da dieser Anblick mir nichts ausgemacht hatte, dachte ich jedes Mal an seine Knochen, wenn wir Blätter verbrannten. Ich ließ diese Erinnerung vor meinem inneren Auge immer wieder vorbeiziehen, bis die Knochen meines Vaters nach und nach von den anderen Erinnerungen losgelöst und einfach zu einem nahen und vertrauten Gedanken wurden.

Falls Fräulein Sasaki zu Hause war, wenn wir ein Feuer machten, wurde sie unweigerlich von dem Rauchgeruch angelockt, sprang auf ihr Fahrrad und kündigte im Wegfahren an: »Ich kaufe ein paar Süßkartoffeln.« Nach den Anweisungen der Vermieterin wickelten wir die Kartoffeln zuerst in feuchtes Zeitungspapier, dann in Alufolie und ließen sie im Feuer langsam backen. Wenn wir sie im Zwielicht eines frühen Winterabends am Feuer aßen, während unsere Gesichter in der Hitze der Flammen glühten und unsere Körper vor Kälte steif waren, übertrafen die glühend heißen Kartoffeln noch das köstlichste Festmahl.

Ging gerade jemand über die Straße, auch wenn es sich um wildfremde Menschen handelte, rief Fräulein Sasaki immer: »Hätten Sie gern eine gebackene Süßkartoffel?« Ich fand es seltsam, dass umso mehr Menschen die Einladung annahmen, je lebhafter das Feuer brannte. Es konnte sich um einen Mann handeln, der seinen Hund ausführte, um eine Frau, die Versicherungen verkaufte, oder um einen Jungen, der sein Fahrrad vor sich herschob und dessen Gesicht von Schmutz und

Tränen verschmiert war. Ich kann mich nicht daran erinnern, dass wir viel gesprochen hätten. Vielleicht wäre das gar nicht möglich gewesen, wo wir doch den Mund voller heißer Süßkartoffeln hatten. Aber diese Erinnerung – wildfremde Menschen, die sich zum Essen auf dem Hof der Vermieterin um das Feuer sammelten – hat sich meinem Gedächtnis eingeprägt als ein Bild der Ruhe.

Eines Tages wartete ich auf dem Hof auf die Vermieterin. Ich nahm an, dass sie zum Augenarzt gegangen war. Ich war schon vor längerer Zeit aus der Schule nach Hause gekommen. Die Pappel war jetzt fast ganz kahl, da der Nordwind jede Nacht an ihr rüttelte. Als ich die gelben Blätter zusammenfegte, dachte ich, wenn alle Blätter weg sind, werden wir kein Feuer mehr machen können. Zum ersten Mal ging mir auf, dass meine Arbeit als Laubkehrerin, die so unendlich gewirkt hatte, eines Tages ein Ende nehmen könnte. Ich fühlte mich seltsam, wie beraubt, als ich den Bambusbesen ergriff. Nachdem ich die Blätter zusammengekehrt hatte, hockte ich mich hin, um auf die Vermieterin zu warten, denn natürlich durfte ich das Feuer nicht allein anzünden. Obwohl der Wind sich gelegt hatte, war es ein kalter grauer Tag. Meine gebeugten Beine verloren nach und nach jegliches Gefühl und ich konnte spüren, wie meine Körpertemperatur langsam sank und nachließ.

»Hallo! Hallo!«

Aus der Ferne hörte ich eine Stimme rufen und öffnete die

Augen. Ich war in der Hocke eingeschlafen. Meine Zähne hatten auf meinen Knien Spuren hinterlassen und meine Beine waren taub. Es dämmerte schon.

»Hast du geschlafen?«

Verwirrt schaute ich auf und sah vor mir den Kopf eines riesigen Kaninchens. Das Kaninchen trug Jeans und winkte mir zu, als ich aus der Hocke hochsah.

»Fräulein Sasaki?«

»Mm. Du hast mich sofort erkannt, was?« Sie hob den Kaninchenkopf hoch und kam darunter zum Vorschein. Für einen Moment zog der Kaninchenkopf ihre Haare mit sich und ich dachte, sie ist schön.

»So was stellen wir in meiner Firma her. Sie haben gesagt, sie brauchten diesen hier nicht mehr, und da«, sie warf mir den riesigen Kaninchenkopf zu, »dachte ich, er könnte dir gefallen.«

Ich richtete mich unsicher auf meinen eingeschlafenen Beinen auf und probierte ihn an. »Ich kann nichts sehen. Außerdem stinkt er.« Ich tappte in der pechschwarzen Dunkelheit umher.

»Dann hat es keinen Sinn. Die Augenlöcher sind für Erwachsene gemacht.« Sie zog mir den Kopf weg. »Nächstes Mal bring ich dir einen in Kindergröße mit«, fügte sie hinzu. Ich wollte mich durchaus nicht in ein Kaninchen verwandeln, bedankte mich aber trotzdem bei ihr.

»Wo steckt die alte Schreckschraube?« So nannte sie die Vermieterin bisweilen.

»Sie ist nicht hier.«
»Ist sie irgendwohin gegangen?«
»Ich glaube, sie wollte zum Augenarzt.«
»Hmmm. Sie hat Probleme mit den Augen, nicht wahr?«
»Sie sagt, dass der Arzt ihr die Wimpern herauszieht.« Ich gab wortwörtlich wieder, was die Vermieterin mir erzählt hatte. Mit dem Alter hatten ihre Wimpern angefangen, nach innen zu wachsen, und wenn sie sie nicht regelmäßig herauszupfen ließ, ritzten sie ihre Augäpfel ein.
»Bestimmt ist die Haut ihrer Augenlider schlaff geworden«, meinte Fräulein Sasaki. Sie presste die Fingerspitzen gegen ihre Schläfen und zog ihre Augen wie ein Fuchs nach oben. Danach wussten wir nicht mehr, was wir zueinander sagen sollten.
Eine Dunkelheit, die typisch ist für diese Jahreszeit mit ihren kurzen Tagen, hüllte uns ein wie schwarze Tinte. »Es wird spät«, murmelte Fräulein Sasaki vor sich hin. »Und ich habe Süßkartoffeln mitgebracht.«
Plötzlich machte ich mir Sorgen. Wenn die Vermieterin zum Augenarzt gegangen wäre, hätte sie schon längst wieder hier sein müssen. Seit ich hier wohnte, hatte sie sich noch niemals dermaßen verspätet. Vielleicht, ja, vielleicht war sie noch nicht nach Hause gekommen, weil …
»Fräulein Sasaki, wissen Sie noch, dass Sie gesagt haben, dass Katzen weglaufen und sich verstecken, wenn sie merken, dass sie sterben müssen?«
»Mhm.«

»Wir sollten uns auf die Suche nach ihr machen.«
»Was?«
»Sie hat gesagt, dass sie sterben muss. Sowie die Schublade voll ist.«
»Die Schublade? Welche Schublade?«
Wie hatte ich nur so dumm sein können? Jeden Tag hatte ich ihr Briefe gebracht, aber niemals war ich auf die Idee gekommen, dass die Schublade sich so schnell füllen könnte.
»Was ist los? Reiß dich zusammen!«
Vielleicht drang ihre Stimme bis zu Herrn Nishiokas Wohnung durch, denn nun wurde das Fenster der mittleren Wohnung klappernd aufgerissen. Das Gelächter einer Comedy-Sendung wogte in die Dunkelheit heraus und ich fand einigermaßen in die Wirklichkeit zurück. »Was ist los?« Herr Nishioka, der einen wattierten Morgenrock trug, beugte sich aus dem Fenster.
»Es geht um Chiaki. Sie macht sich Sorgen, weil die Hausbesitzerin noch nicht wieder da ist.«
Ich ärgerte mich, weil Fräulein Sasaki mich hier als das Problem darstellte, nicht die Vermieterin, und deshalb sagte ich: »Sie könnte doch tot sein.« Obwohl ich im Gegenlicht sein Gesicht nicht sehen konnte, schien meine Bemerkung ihn zu verwirren. Gleich darauf hörten wir seine Schritte auf der Treppe und er kam auf den Hof gelaufen und strich sich die lange Haarsträhne links von seiner beginnenden Glatze glatt.
»Chiaki, warum meinst du, dass sie tot sein könnte?« Er stieß diese Frage in seinem üblichen Tempo aus. Ich wollte nichts

über die Briefe sagen, fühlte mich aber in gewisser Weise verantwortlich, weil ich ihr so viele anvertraut hatte.

»Weil sie so spät kommt.« Mehr sagte ich nicht, aber sowie diese Wörter meinen Mund verlassen hatten, dachte ich, jetzt bin ich zur Lügnerin geworden, und zu meiner Überraschung liefen große Tränen aus meinen Augen und kullerten über meine Wangen.

Die Wirkung dieser Tränen war gewaltig. Sie brachten Herr Nishioka dermaßen aus dem Konzept, dass ich mich schuldig fühlte. Er trat nervös von einem Fuß auf den anderen. Fräulein Sasaki seufzte und stülpte mir den Kaninchenkopf über.

»Auf jeden Fall sollten wir uns auf die Suche nach ihr machen«, sagte Herr Nishioka eilig. »K-K-Kinder haben oft die richtige Vorahnung.« Ich war in der stinkenden Dunkelheit des Kaninchenkopfes gefangen und zitterte, als ich hörte, wie seine Stimme vor Angst schrill wurde. O nein, dachte ich. Was, wenn meine Vorahnung zutraf?

»Sie könnte sich auf dem Heimweg auch verirrt haben oder so etwas.«

»Wohl kaum«, kommentierte Fräulein Sasaki trocken, ihre Stimme klang, als hätte sie am liebsten noch hinzugefügt: Diese alte Schreckschraube doch nicht.

»Nein, nein. Man kann nie wissen. Man kann nie wissen. Was, wenn sie ganz plötzlich senil geworden ist?«

»Ach?«

»Auf jeden Fall, sollten wir nicht – nur ein wenig?«

»Und was meinen Sie, wo wir sie suchen sollten?«

Ich versuchte noch immer verzweifelt, mich von dem Kaninchenkopf zu befreien, und fiel endlich mit einem Plumps rückwärts auf meinen Hintern.

»Ich gehe zum Augenarzt«, verkündete ich, als ich endlich dieses schreckliche Teil von meinem Kopf entfernt hatte.

»Ich übernehme den Bahnhof.« Mit zielstrebigen Schritten lief Herr Nishioka davon, noch immer im Morgenrock.

Die Augenklinik hatte schon geschlossen und ich konnte klingeln, so oft ich wollte, niemand öffnete. Fräulein Sasaki und ich liefen durch die jetzt vollständig im Dunkeln liegenden Straßen und hielten Ausschau, denn die Vermieterin konnte ja irgendwo gestürzt sein. »Bestimmt ist alles in Ordnung mit ihr. Wahrscheinlich ist sie schon längst wieder zu Hause«, sagte Fräulein Sasaki. Sie rauchte eine Zigarette, während wir weitersuchten.

Meine Nasenlöcher zitterten. »Hier riecht es aber gut.«

Fräulein Sasaki blieb für einen Moment stehen und schnupperte. »Hier kocht jemand ein Currygericht.«

Die scharfe klare Luft des ersten Winterabends, der Duft des Currygerichts, der Zigarettenrauch. Es versetzte mir einen Schock, als ich diese Kombination erkannte. Ich hatte so etwas schon einmal erlebt. Ich war mit meinem Vater die Straße entlanggegangen, nur wir beide, es hatte nach Curry gerochen und mein Vater hatte geraucht. Der Mond war an diesem Abend sehr groß gewesen, ein leuchtend weißer Vollmond, daran konnte ich mich noch erinnern, und ich schaute zum Himmel hoch.

»Der Mond!«, rief ich.

»Ja, wir haben Vollmond«, erwiderte Fräulein Sasaki und stieß langsame weiße Rauchwölkchen aus.

»Glaubst du wirklich, dass die Vermieterin möglicherweise schon zu Hause ist?«, fragte ich dann, und Fräulein Sasaki nahm wortlos meine Hand und drückte sie fest.

Als wir zum Pappelhaus zurückkehrten, stand meine Mutter mit besorgter Miene am Tor. Sie wirkte ein wenig überrascht, als sie Fräulein Sasaki und mich zusammen sah. »Mama, ist die Vermieterin wieder da?«, fragte ich.

»Nein, stimmt etwas nicht?«

Fräulein Sasaki erklärte ihr an meiner Stelle, was los war, ich war zu enttäuscht. »Zum Teil ist es meine Schuld«, sagte sie. »Ich habe Chiaki erzählt, dass Katzen sich verkriechen, wenn sie merken, dass sie sterben müssen, und offenbar macht ihr das solche Angst.«

Meine Mutter betrachtete mich mit einer gewissen Besorgnis, dann sagte sie: »Nein. Sie hat Recht. Es ist schon nach sieben. Es ist vernünftig und richtig, sich jetzt Sorgen zu machen.« Und sie streichelte sanft meinen Rücken, als ich entmutigt den Kopf hängen ließ.

»Als sie an dem Seniorenausflug in den Badeort teilgenommen hat, hat sie mir immerhin vorher Bescheid gesagt.« Fräulein Sasaki machte sich jetzt auch selber Sorgen, vielleicht weil es schon nach sieben war, und schaute immer wieder zur Straße am Fluss hinüber.

»Hat sie irgendwelche Verwandte?«, fragte meine Mutter.

Fräulein Sasaki kratzte sich zweifelnd den Kopf. »Sie hatten keine Kinder. Irgendwann habe ich mal gehört, sie sei seine zweite Frau gewesen.« Als wir drei noch am Tor standen und uns fragten, was wir jetzt tun sollten, während unser Atem weiß in die Luft stieg, kehrte Herr Nishioka zurück.
»Nicht gut. Nicht gut.« Er fuchtelte übertrieben heftig mit den Armen, als habe er soeben einen Sondereinsatz in unseren Diensten geleistet. »Ich habe einige Zeit neben dem Fahrkartenschalter gewartet, aber dann ging mir auf, dass das noch lange dauern könnte, und deshalb habe ich den Kartenverkäufer nach ihr gefragt und bin dann durch die Einkaufspassage zurückgekommen und habe auf der Polizeiwache vorbeigeschaut.« Plötzlich bemerkte er meine Mutter, er nickte und sagte mit so tiefer Stimme wie möglich: »Hallo.«
»Warum auf der Wache?«, fragte Fräulein Sasaki.
Seine Augenbrauen zuckten bei dieser Frage heftig auf und ab und er sagte noch atemloser als sonst: »Einf-f-fach so. Ich w-w-wollte nur fragen, das war alles.«
»Und?«
»Und? Na, ich konnte doch wohl kaum verlangen, dass sie eine Großfahndung einleiten. Aber sie haben jedenfalls gesagt, dass ihres Wissens keine solche Person gefunden worden ist.«
In diesem Moment tauchte auf der Straße am Bach eine schwarze Silhouette auf.
»Frau Yanagi!«
Das Mondlicht umfing die Vermieterin plötzlich wie das Licht

eines Scheinwerfers. »Meine Güte! Warum steht ihr denn alle hier?« Wir hörten ihre Stimme, aber mit einem Mal erstarrte ich vor Überraschung und Verwirrung.

Sie trug einen schwarzen Kimono, wie sie in Trauerzeiten üblich sind. Da sie so gut wie nie einen Kimono anzog, war das an sich schon ungewöhnlich, aber das war es nicht, was meine Aufmerksamkeit erregte. Es war ihr Gesicht. Bei unserer ersten Begegnung hatte ich angenommen, dass ein seltsamer Zaubertrank ihr das Gesicht eines bösartigen Popeye verliehen habe, jetzt aber war ich mir meiner Sache sicher.

Ihr sonst verschrumpeltes Gesicht war in die Länge gezogen. Als ich genauer hinschaute, ging mir auf, dass eigentlich nur die untere Gesichtshälfte länger geworden war; ihre Wangenknochen zeichneten sich deutlicher ab und ihre Runzeln waren geglättet. Sie schien jünger geworden zu sein. Das ist es also, dachte ich. Sie hat einen Zaubertrank genommen, um wieder jung zu werden. Aber ihr fehlte die übliche Lebhaftigkeit, die sonst den Eindruck erweckte, dass sie jeden Moment durch einen bösen Geist zu einer Gemeinheit veranlasst werden könnte. Sogar ihre Stimme hatte sich verändert: Sie klang gedämpft.

»Meine Güte, was bin ich müde! So eine Trauerfeier ist wirklich kein Vergnügen, was? Hier …« Sie öffnete ihre schwarze Handtasche, zog ihren Hausschlüssel heraus und reichte ihn mir. Ich ging überaus schüchtern auf sie zu und nahm ihn. Und in dieser ganzen Zeit klebten meine Augen an ihrem Gesicht.

»Was glotzt du denn so? Mach schon die Tür auf«, sagte sie. Aber in der nächsten Sekunde schrie ich: »Frau Yanagi sind Zähne gewachsen!«
Die Vermieterin sah ein wenig irritiert aus und verstummte. Dann sagte sie sehr betont: »Natürlich habe ich meine Zähne eingesetzt. Ich war ja schließlich unter Leuten.« Sie schloss energisch den Mund und blähte ihre Nasenlöcher auf. Ich war so versessen darauf, ihre weißen ebenmäßigen Zähne genauer sehen zu können, dass ich vergaß zu blinzeln. Und dann bemerkte ich ein seltsames Zischen. Fräulein Sasaki hielt sich beide Augen zu und stöhnte gequält. Meine Mutter, die neben ihr stand, starrte zu Boden und ihre Schultern bebten. Ich dachte zuerst, sie weinten, aber dann wurde mir klar, dass sie lachten. Weil ich nicht begriff, was so komisch sein sollte, schaute ich zu Herrn Nishioka hinüber. Seine kleinen Augen huschten hin und her und seine Augenbrauen zuckten heftig. Die Vermieterin ging in ihre Wohnung und schlug energisch die Tür hinter sich zu.
Nach dem Essen musste ich mit den Erwachsenen zu ihr gehen und mich entschuldigen, obwohl ich wirklich keine Ahnung hatte, warum sie so verärgert war. Inzwischen wusste ich, dass sie einfach ein Gebiss trug (ach, ist das alles, dachte ich enttäuscht), und ich war sehr erleichtert darüber, dass ihr nichts passiert war. Mir persönlich gefiel sie ohne Zähne ja besser, ich fühlte mich verletzt, als hätte ich etwas verloren. Danach war ich so müde, dass ich ausnahmsweise einmal die ganze Nacht durchschlief, ohne zu träumen.

– 6. Kapitel –

Vater,

wie geht es dir? Gestern habe ich beim Augenarzt nach der Vermieterin gesucht. Auf dem Heimweg habe ich an dich gedacht. Ich habe mich an damals erinnert, als ich mit Yuta und seiner Mutter im Zoo war und du mich dann vom Bahnhof abgeholt hast. Du hast meine Hand gehalten und eine Zigarette geraucht und mir eine Geschichte von einem Kaninchen erzählt, das auf dem Mond lebt. Einmal, als einige Leute schrecklichen Hunger litten, brachten die Tiere ihnen zu essen. Aber das Kaninchen war zu schwach, um etwas zu tragen, und deshalb sprang es einfach ins Feuer und ließ sich selber *von den Leuten aufessen. Du hast mir erzählt, dass das tote Kaninchen dann auf den Mond gekommen ist. Abends im Bett habe ich über diese Geschichte nachgedacht. Und ein bisschen geweint. Ich mag traurige Geschichten nicht so sehr. Letzte Nacht dachte ich, dass du*

vielleicht bei dem Kaninchen auf dem Mond bist, und dann habe ich noch viel mehr geweint. Bestimmt seid ihr schrecklich einsam auf dem Mond, das Kaninchen und du.
Wenn die Schublade voll ist, wird die Vermieterin sterben. Und deshalb habe ich beschlossen, dir nicht jeden Tag zu schreiben. Und wenn ich schreibe, dann in sehr kleiner Schrift. Ich werde meinen Bleistift ganz stark anspitzen und ganz viel schreiben.
Für heute auf Wiedersehen.

Ich schrieb noch immer an meinen Vater, und paradoxerweise schrieb ich noch eifriger als vorher, obwohl ich doch in Panik geraten war und die Vermieterin für tot gehalten hatte, während sie eine Totenfeier besucht hatte. Die Vorstellung, dass sie jeden Moment sterben könnte, änderte meine Briefschreiberei, die als Spiel begonnen hatte und dann rasch zu einer vertrauten Gewohnheit geworden war. Sie wurde nun zu etwas anderem, etwas Dringlichem. In meinen Briefen begann ich jetzt endlich, direkt zu meinem Vater zu sprechen. Vielleicht hatte ich mich so weit erholt, dass es nicht mehr wehtat, an ihn zu denken. Aber mehr noch versuchte ich ein Geheimnis zu erfassen, das ich allein nicht durchschauen konnte. Noch heute, als Erwachsene, kann ich mich nicht damit zufrieden geben, wenn ich das Gefühl habe, dass etwas nicht stimmt. Ich muss der Sache nachgehen, so unwichtig sie auch sein mag, bis ich am eigentlichen Anfang angekommen bin, so wie jemand, der sein Hemd falsch zugeknöpft hat, auch wenn ich bei dieser Suche bisweilen alte Wunden aufreiße. Es kann sein, dass diese Eigenschaft für die Entfremdung zwischen mir und meiner Mutter verantwortlich ist, die eintrat, als meine Mutter wieder heiratete und versuchte, sich ein neues Leben aufzubauen. Aber was immer der Grund sein mag, eines Tages schrieb ich:

Vater,
wie geht es dir? Meine Zehennägel sehen genauso aus wie deine Zehennägel. Das weiß ich, weil du mir das einmal gesagt hast. Damals habe ich mir deine Nägel angeschaut und gedacht, dass sie sich wirklich sehr ähnlich sehen. Heute hat Mutter mir nach dem Baden die Zehennägel geschnitten. Als ich hinschaute, hatte ich ein seltsames Gefühl. Ich habe Nägel, du hast keine. Du hast keine Zehennägel, aber meine Zehennägel sehen so aus wie deine. Früher gab es dich und Mutter und mich, wie ist es also möglich, dass nur du jetzt fort bist und Mutter und ich noch hier sind? Aber wenn ich lange über diese Fragen nachdenke, dann dreht sich in meinem Kopf alles im Kreis.
Als Mutter mir die Nägel schnitt, runzelte sie die Stirn und sah sehr ernst aus. Ich dachte, wie hat das Gesicht meines Vaters ausgesehen, als er mir

die Nägel geschnitten hat? Aber ich konnte mich nicht daran erinnern. Sicher, weil du dabei immer die ganze Zeit nach unten geschaut hast. Warum? Weil du sie sehr langsam geschnitten hast, und das bedeutet, dass es nicht gekitzelt hat.
Für heute auf Wiedersehen.

Der Dezember war bereits zur Hälfte vorüber und die Winterferien standen bevor. Am letzten Schultag rannte ich von der Schule durch die klare Wintersonne nach Hause. Als ich die Treppe hochlief, sah ich einen mir unbekannten Jungen vor Herrn Nishiokas Waschmaschine stehen. Er sah aus wie ein schlanker Pilz mit Brille. Er kam mir älter vor, als ich es war, und er stopfte einen riesigen Stapel Wäsche in die Maschine. Ich musste sofort an den Zwischenfall von damals denken. Obwohl ich kaum glauben konnte, dass der sich wiederholen würde, zögerte ich, ehe ich unsere Wohnungstür öffnete, ich blieb einfach stehen und glotzte.
»Hallo«, sagte er mit leicht heiserer, aber fröhlicher Stimme.
Ohne zu antworten ging ich hinein. Ich nahm mir die Reiskugeln, die meine Mutter für mich bereitgestellt hatte, und lugte durch einen Spalt in der Tür. Der Junge füllte die Maschine, als habe er nie etwas anderes getan. Ich ging aus der Wohnung, schloss die Tür ab, vermied sorgfältig den Blick des Jungen und rannte nach unten.
»Frau Yanagi, da oben ist ein fremder Junge.«
Wenn sie ihre Lesebrille trug, konnte die Vermieterin sogar

die kleinsten Schriftzeichen entziffern, und es gehörte zu ihren täglichen Vergnügungen, die Zeitung von Anfang bis Ende zu lesen. An diesem Tag saß sie am *kotatsu* und hatte die Zeitung vor sich ausgebreitet. Als ich sie ansprach, fragte sie: »Ein fremder Junge?« Die Brille war ihre Nase hinuntergerutscht, sie schaute mich über den Rand an und die Runzeln auf ihrer Stirn stießen gegeneinander.

»Er trägt eine Brille. Und er wäscht seine Sachen in Herrn Nishiokas Waschmaschine.«

»Das ist Herrn Nishiokas Sohn.«

»Herr Nishioka hat Kinder?«

»Ja, das hat er.«

»Aber …«

»Der Junge lebt bei seiner Mutter.« Sie beugte sich über den *kotatsu*, hob die Zeitung hoch und schlug damit heftig gegen die Tischplatte. Da sie offensichtlich keine weiteren Fragen wünschte, verstummte ich.

Ich hatte mein Mittagessen beendet und stand vor dem Wäschegestell, um die Katzen mit Fischresten vom Vorabend zu füttern, als ich auf der Treppe leichte Schritte hörte. Ich lief durch den Garten und zur Tür der Hausbesitzerin, und wie ich erwartet hatte, stand dort der Junge.

»Ist Frau Yanagi da?« Als ich nickte, folgte er mir in den Garten. Durch die gläserne Schiebetür reichte er der Vermieterin eine Schachtel mit der Aufschrift »Loquat-Gelee« und sagte mit erwachsenem Tonfall: »Bitte, nehmen Sie diese bescheidene Gabe entgegen.«

»Das wäre aber nicht nötig gewesen«, sagte die Vermieterin feierlich und verneigte sich langsam und betont. »Ach, übrigens, das ist Chiaki, eure Nachbarin. Sie geht in die erste Klasse.« Dann wandte sie sich an mich und informierte mich kurz, dass der Junge Osamu heiße und die vierte Klasse besuche. Für einen aus der vierten Klasse kam er mir klein vor.
»Er verbringt die Ferien hier, Chiaki. Ihr solltet miteinander spielen.«
Statt Ja zu sagen, schaute ich Osamu an und sah, dass er seine Lippen spitzte, wie jemand, der versucht, ein Lachen zu unterdrücken, wobei er seine übergroßen Vorderzähne verbarg. Er sagte, er wolle Zutaten für ein Currygericht kaufen, und ich beschloss, ihn zu begleiten. Wir gingen die Straße am Bach entlang und spielten dabei mit einem kleinen Stein Fußball. Weil er so dünn war, leicht gebückt ging und mit dem Kopf hin und her wackelte, hatte er Ähnlichkeit mit Herrn Nishioka.
»Ich kann sehr gute Currygerichte kochen.«
»Wirklich? Ganz allein?« Ich war beeindruckt, obwohl ich annahm, dass alle in der vierten Klasse das können mussten. »Hat deine Mutter dir das beigebracht?«
»Das schon, aber ich nehme normalerweise Rezepte aus Büchern oder aus dem Fernsehen. Meine Mutter ist Dozentin, deshalb hat sie immer zu tun.«
»Meine Mutter arbeitet bei einem Hochzeitsausstatter. Sie sieht jeden Tag Bräute. Jede Menge.«
»Hmm.«

»Magst du Bräute?«
Er dachte kurz nach und sagte dann: »Eigentlich nicht.«
»Warum nicht?«
»Sie sind irgendwie unheimlich. Du weißt schon, bei dem ganzen Kram, den sie anhaben müssen.«
Osamu kaufte mit Kennermiene in einem Supermarkt in der Einkaufspassage ein, dann gingen wir am Bach entlang nach Hause. Ich weiß noch, wie ich weiterplapperte, bis wir die Wohnung erreichten, ich vergaß, dass ich sonst Fremden gegenüber schüchtern war, und erzählte ihm von der Vermieterin und davon, dass Fräulein Sasaki den Katzen Futter hinunterwarf. Osamu kicherte zwischendurch immer wieder oder stellte hilfreiche Fragen, wenn ich nach Worten suchte. Für einen aus der vierten Klasse war er ein hervorragender Zuhörer.
»Wenn das Currygericht fertig ist, würdest du dann mit uns essen?«, fragte er, als wir auf der Galerie vor unseren Wohnungen standen. Ich hätte gern zugesagt, tat es aber nicht. Ich dachte, ich müsste erst meine Mutter um Erlaubnis fragen.
»Na gut, sollen wir zusammen in die Kirche gehen?«
»In die Kirche?«
»Zur Christmette.« Ich hatte natürlich gewusst, dass Heiligabend war. Aber weil ich immer gedacht hatte, der Weihnachtsmann sei in Wirklichkeit mein Vater, hatte ich nicht geglaubt, dass wir jemals wieder Weihnachten feiern könnten. An diesem Abend jedoch brachte meine Mutter einen Erdbeerkuchen mit Schlagsahne mit. Ich legte zwei Stücke

auf einen Teller und klopfte an Herrn Nishiokas Tür. Er und Osamu saßen einander gegenüber an einem kleinen Klapptisch und aßen das Currygericht.

Herr Nishioka nahm den Kuchen und bedankte sich. »Chiaki, was hat deine Mutter gesagt?«, fragte er. »Darfst du mit uns in die Kirche gehen?«

»Meine Mutter möchte auch mitkommen. Ist das in Ordnung?«

»Natürlich ist das in Ordnung. Dann gehen wir also zusammen.«

Osamu sah mich an und grinste, während er den Löffel noch immer in der Hand hielt. Das ist bestimmt ein leckeres Currygericht, dachte ich.

»Dann solltest du dich vorher lieber noch ausruhen, Chiaki. Es wird sehr spät«, sagte Herr Nishioka. Aber ich war so aufgeregt von der Vorstellung, mitten in der Nacht auszugehen, dass ich nicht einschlafen konnte, obwohl ich mich brav hinlegte.

»Mama, Herr Nishioka und Osamu haben ein Currygericht gegessen.«

»Ach?«

»Es war wie beim Camping.«

»Beim Camping?«

»Sie aßen ganz still, nur die beiden.«

»Chiaki.«

»Mm.«

»Es ist unhöflich, Leute beim Essen anzustarren.«

»Ja, das weiß ich. Aber es war wirklich wie beim Camping.«

»Ja, ja.«

Ich wollte damit sagen, dass die Art, in der die beiden zusammen aßen, etwas Besonderes hatte, aber mir fiel nichts Besseres ein, um das zu beschreiben. Camping war für mich etwas, das ich hin und wieder kurz im Fernsehen gesehen hatte. Das sanfte Glühen des Lagerfeuers in der Dunkelheit, schweigende Menschen, die schlichte warme Mahlzeiten verzehrten, die Geräusche der Nachtvögel, ein Himmel voller Sterne ... plötzlich ging mir auf, dass Herr Nishioka ausnahmsweise einmal keine Comedybänder laufen ließ.

Wir verließen das Pappelhaus am späten Abend. Die Nachtluft war klar und die Sterne funkelten hoch oben wie lebende Wesen. Meine Mutter zog mir einen dicken Pullover an, darüber kamen dann ein Mantel und ein wollener Schal, und ich musste sogar eine Wollmütze aufsetzen. Ich sah bestimmt aus wie ein ausgestopftes Tier, das jederzeit aus den Nähten platzen konnte.

»Sind Sie Christ, Herr Nishioka?«, fragte meine Mutter.

»Nein, ich nicht«, wehrte er eilig ab, dann fügte er hinzu, »aber mein Sohn ist getauft, denn seine Mutter ist Christin.« Und er legte seine Handfläche auf Osamus Kopf. »Vor der Hochzeit wollte sie mich dazu überreden, auch einer zu werden. Aber jetzt bin ich froh, dass ich nicht auf sie gehört habe.«

»Warum?«

Diese harmlose Frage meiner Mutter schien ihn zu überraschen. »Na ja, wissen Sie … v-v-verstehen S-S-Sie nicht? Katholiken können sich doch nicht sch-sch-scheiden lassen.«

»Ach!«

»Sie wollte mich unbedingt bekehren, und dann war sie diejenige, die gegangen ist«, sagte er wie zu sich selbst und lachte lautlos. »Aber das ist schon lange her«, bemerkte er und seine Stimme hatte wieder ihr normales Tempo.

Um zur Kirche zu gelangen, musste man bis ans Ende der Straße, die am Bach entlangführte, gehen, und dann auf einen recht steilen Hügel in der Nähe der Feuerwache, gegenüber der Einkaufspassage. Als ich mich oben auf dem Hügel umschaute, konnte ich deutlich sehen, wie sich die vielen Neonlichter des Bahnhofs in der Dunkelheit des Flusses widerspiegelten. Ein mit Männern in Anzügen, die bis ins Detail ausgeleuchtet waren, voll besetzter Zug überquerte die Brücke über den Fluss. Meine Mutter starrte den Zug abwesend an und ich zog an ihrer Hand.

Wir befanden uns in einer viel vornehmeren Wohngegend als unserer, und die Häuser mit ihren majestätischen Toren waren dunkel und stumm. Der Friedhof, der von den Ästen einer einzigen Eiche beschattet wurde, schien vollständig im Dunkeln zu liegen, aber als wir die schweren Holztüren öffneten, strömten Licht und Gesang zu uns heraus und meine Mutter und ich hielten beide den Atem an.

Das Kircheninnere war warm und alle hatten sich zum Singen erhoben. Osamu hielt seine Fingerspitzen in eine Art Waschbecken aus weißem Stein und bekreuzigte sich. Dann sah er mich an, als wollte er mich auffordern, es ihm gleichzutun. Das Wasser fühlte sich kalt an. Osamu nahm meine Hand und führte sie beim Kreuzzeichen.

Ich hörte Lieder, Orgelmusik und sehr schöne Verse, die Gott, unseren himmlischen Vater, priesen. Die Decke war sehr hoch, die Kirche kam mir vor wie eine mit voll tönendem Klang gefüllte Tortenschachtel. Eine Zeit lang ahmte ich das nach, was die anderen machten – aufstehen, knien, hinsetzen –, als hätte ich meinen eigenen Willen verloren, aber ehe ich mich's versah, waren meine Blicke an dem Kreuz vorn in der Kirche haften geblieben.

»Wer ist das?«, flüsterte ich Osamu zu.

»Jesus Christus.« Sein Atem roch nach Zahnpasta.

»Warum ist er nackt?«

Osamu zuckte mit den Schultern.

»Ist er tot?«

»Nun ja, also …«

»Warum?«

»Er ist gestorben, um uns zu retten.«

Die Orgel erwachte brummend wieder zum Leben und die Gemeinde fing an zu singen. Osamu machte ein sehr feierliches Gesicht, seine Stimme klang beim Singen wie beim Sprechen, hoch und ein wenig heiser. Herr Nishioka blickte in das in schwarzes Leder gebundene Gebetbuch und bewegte ein wenig die Lippen. Als ich meine Mutter ansah, waren ihre Augen feucht, wie die einer Betrunkenen.

Jesus Christus mit seinem abgemagerten Leib und seinem

Gesicht voller Schmerz tat mir Leid. Es kann nicht lustig sein, nackt vor all den Leuten zu hängen, dachte ich. Dann fiel mir das Kaninchen ein, von dem mein Vater erzählt hatte. Das Kaninchen war für einen Gott gestorben, der ihm als hungriger Mensch erschienen war, und Osamu hatte behauptet, dieser Christus sei für uns gestorben. Wenn jemand stirbt, soll damit dann immer einem anderen Menschen geholfen werden, fragte ich mich. Zu welchem Zweck war mein Vater gestorben? Für einen hungrigen Menschen? Für die Menschheit? Für Mutter? Oder vielleicht für mich?

Dann wurde von Gott geredet und mich überkam plötzlich die Müdigkeit. Als meine Mutter mich wachrüttelte, waren wir fast allein in der Kirche. Die Frau, die die Orgel gespielt hatte, suchte ihre Noten zusammen. Die funkelnde Tortenschachtelkirche sah jetzt aus wie irgendeine langweilige Gemeindehalle.

Die Luft draußen war so kalt, dass mir die Augen brannten. In der offenen Tür drehte ich mich noch einmal um und sah Jesus Christus am Kreuz an.

»Willst du mich einfach so hier hängen lassen?«, fragte er.

»Ich komme zurück«, flüsterte ich und ging.

Da Herr Nishioka abends oft arbeiten musste, ging Osamu nachmittags einkaufen und kochte dann sehr früh. Ich war jeden Tag mit Osamu unterwegs, manchmal trug ich einen Teil der Einkäufe, manchmal half ich ihm beim Gemüseputzen. Osamu stand in der Küche, er trug eine Schürze, hatte einen Kochlöffel in der rechten Hand und streckte die linke nach einer Flasche Sojasoße aus. Ich fand, dass er dabei wie eine Hausfrau mittleren Alters aussah. So, wie Decken, unter denen jemand geschlafen hat, mich immer an Alligatoren erinnern. Egal, wie energisch ich mir auch die Augen rieb, weil ich glaubte, mir das alles vielleicht nur einzubilden, ich konnte mich nicht von diesem Bild befreien. Und ich fand es lustig und beruhigend, mit dieser »Hausfrau« in der Küche zu stehen.

Ich glaube, das hing damit zusammen, dass ich mich niemals wohl in meiner Haut fühlte, wenn ich meiner Mutter in der Küche zusah. Obwohl ich weiß, dass das meiner Mutter gegenüber, die sich jeden Tag Mühe gab, für mich zu kochen, ungerecht ist, drohte ich doch an der dauernden Angst zu ersticken, sie könne, überarbeitet und übermüdet, eines Tages verschwinden und mich verlassen, so wie mein Vater das getan hatte. Ich lernte den Umgang mit der Waschmaschine, ich lernte, die Wäsche zu falten, ich bot an, jeden Tag Milch zu kaufen, aber obwohl ich mir alle Mühe gab – ich ging damals ja noch in die erste Klasse –, hatte ich immer Angst, wenn ich meine Mutter am Spülbecken sah, dass sie mich im Stich lassen könnte. Die passendste Beschreibung für meine Mutter in dieser Zeit war die einer Gefangenen ihrer eigenen Furcht.

Aber Osamu arbeitete auch nicht nur aus Spaß in der Küche. Als wir eines Tages vom Einkaufen nach Hause kamen, sagte ich: »Du solltest immer hier bleiben.«

»M-hm, vielleicht tu ich das ja.«

Da ich mit einer so verheißungsvollen Antwort nun wirklich nicht gerechnet hatte, war ich vor Begeisterung außer mir. »O ja, bitte, tu das!«

»Ich kann ja schließlich besser kochen als mein Vater.«

»M-hm, m-hm.«

»Und wenn das Baby kommt, wird meine Mutter sehr viel zu tun haben.«

»Sie bekommt ein Baby?«

»Ja. Der Stichtag ist der 3. Januar.«

»Ach.«

»Meine Mutter ist nicht sehr kräftig, deshalb ist sie schon im Krankenhaus.«

Deswegen ist er also hier, dachte ich. »Warum besuchst du sie zu Neujahr denn nicht?«

»Das ist zu weit.«

»Aber sie wird sich doch einsam fühlen.«

»Mein Vater ist bei ihr.«

»Was?«

»Mein neuer Vater. Nicht dieser.«

Ich sagte »oh«, wie eine Idiotin, und dann gingen wir schweigend weiter, während ich versuchte, Ordnung in meine Gedanken zu bringen. »Ist dein neuer Vater gemein zu dir?«

»Nein«, antwortete Osamu einfach und schüttelte den Kopf. Ich fühlte mich zutiefst erleichtert, als ob mich die Sache selber beträfe, denn ich hatte mir die bösen Stiefeltern aus dem Märchen vorgestellt. Aber etwas belastete mich noch immer.

»Weißt du, die Wohnung gefällt mir wirklich«, sagte Osamu

plötzlich und seine langen, schmalen Augen weiteten sich hinter seiner Brille. »Frau Yanagi erinnert mich an meine Großmutter. Als ich klein war, habe ich meine Großmutter einmal besucht. Ich habe sie aber schon lange nicht mehr gesehen.«

»Ach?« Ich fand es unvorstellbar, dass seine Großmutter so ein boshaftes Gesicht haben sollte.

»Vielleicht liegt es daran, dass sie mich Herr Osamu nennt. Meine Oma hat immer gesagt, Herr Osamu, die Pfirsiche sind saftig und kühl. Sie war wirklich lieb.« Er starrte einen Flecken an, der drei Meter vor seinen Füßen lag, und tippte mit dem Zeigefinger gegen seinen großen Vorderzahn.

»Osamu, kennst du jemanden, der gestorben ist?«

»Nein, warum?«

»Ach, nur so.«

Ich hätte Osamu schrecklich gern von den Briefen und der Schublade der Vermieterin erzählt. Aber wenn er keine Toten kannte, dann war es doch besser, das ein Geheimnis zwischen mir und Frau Yanagi bleiben zu lassen. Ich empfand eine seltsame Mischung aus Enttäuschung und Erleichterung und hob einen Fuß hoch in die Luft. Ich wuchs langsam aus meinen Schuhen heraus.

Vater,

wie geht es dir? Heute hat Osamu gesagt: »Ich pflücke die Schlangenkürbisse für dich.« Er versuchte, auf die Pappel zu klettern. Aber unten am Baum gibt es keine Äste, und als er noch überleg-

te, was er machen sollte, fragte die Vermieterin: »Was tust du denn da?« Osamu sagte: »Ich will die Schlangenkürbisse holen, aber ich komme nicht auf den Baum.« Sie ging dann in den Schuppen und holte die Gartenschere für ihn. Das ist eine Schere mit besonders langem Griff. »Mein Professor hat sie in einem Gärtnereigeschäft gekauft, als er noch lebte«, erzählte sie uns. Osamu drehte einen großen Einmachtopf um und stieg darauf. Dann sagte er »uff« und hob die Schere. Damit konnte er den unteren Kürbis gerade erreichen. Osamus Arme zitterten wie verrückt. Endlich erwischte er den Kürbis und ich fing ihn im Fallen auf. »Gut gemacht«, sagte Osamu mit lauter Stimme. Ich war wirklich glücklich. Aber die Schere war so schwer, dass Osamu dann umkippte.

Der Kürbis glänzte sehr stark. Ich hatte erwartet, dass er weich wie eine Tomate sein würde, aber das war er nicht. Als ich fragte, ob man diese Kürbisse essen kann, erwiderte die Vermieterin: »Versuch es doch mal.« Aber als ich hineinbeißen wollte, sagte Osamu: »Chiaki, lass es lieber«, und ich tat es nicht. Die Vermieterin fragte: »Wollte sie den wirklich essen?«, und ich war wütend.

Ich sagte, wir sollten den Kürbis mit in die Kirche nehmen, weil er so schön war, und ihn dem Mann *am Kreuz geben. Osamu hielt das für eine gute Idee. Ich fand es ein wenig unheimlich, in die Kirche zu gehen, wo doch sonst niemand da war. Osamu sagte: »Wenn jemand stirbt, geht er in das Land Gottes. Du wirst auch dorthin gehen, Chiaki. Und ich auch.« Gott ist ein Hirte und die Menschen sind seine Schafe. Ich versuchte, mir dich als Schaf vorzustellen, Vater. Aber ich kann es nicht glauben. Ich mag mir nicht vorstellen, wie du ganz allein, nur mit einem Kaninchen als Gesellschaft, oben auf dem Mond sitzt, und ich will auch nicht, dass du ein Schaf wirst. Wenn du ein Schaf wirst, dann kann ich dich bestimmt nicht von allen anderen Schafen unterscheiden.*

Jesus war nackt und ganz allein. Er schien sich zu langweilen. Ich legte den Kürbis unter das Kreuz. Dann rannte ich nach draußen und da kam mir der Gedanke, dass Jesus ein bisschen ist wie du. Er sieht eher wie du aus als das Bild auf unserem Hausaltar. Aber ich finde das auch wieder seltsam. Osamu sagte, nächstes Mal würden wir Blumen mitnehmen. Ich möchte gern wieder hingehen. Aber wenn ich an seiner Stelle wäre, dann hätte ich lieber Schlangenkürbisse als Blumen. Ich glaube, wenn dich jemand fragte, dann würdest du das auch sagen.

Für heute auf Wiedersehen.

– 7. Kapitel –

Während die ganze Stadt sich auf die Neujahrsfeiern vorbereitete, verstrich unsere Zeit eher gemächlich und die Vermieterin, Osamu und ich verbrachten sie so, als ob uns diese ganze Hektik nichts anginge.
Osamu und ich brachten immer wieder Opfergaben in die Kirche – mal ein schönes buntes Blatt, mal Tannenzapfen, ein von Osamu gezeichnetes Bild eines Flugzeugs oder einen Knopf, der aussah wie ein Bonbon und von einem alten Kostüm meiner Mutter stammte – und legten sie unter das Kreuz. Manchmal kam der hölzerne Christus mir vor wie einer, der einfach ein wenig Pech gehabt hat, als habe er seine Brieftasche fallen lassen oder sei in Hundekot getreten, aber er schien nicht wirklich zu leiden. Aufgrund der mysteriösen Tatsache, dass sein Gesicht jedes Mal anders auszusehen schien, stieg ich zwei- oder sogar dreimal am Tag den steilen Hügel zur Kirche hoch und bat Osamu mich zu begleiten. Wenn ich sagte »gehen wir«, dann antwortete er immer »ja gut«, und das machte mich glücklich. Vielleicht trug Osamus Bereitwilligkeit dazu bei, dass dieses Spiel mir solche Freude bereitete.

Die Hausbesitzerin schien es nicht eilig zu haben mit ihren Vorbereitungen für das Neujahrsfest. Wenn mich jemand gefragt hätte, hätte ich antworten müssen, dass sie ihre Tage offenbar mit dem Einsammeln von Katzenkot zubrachte. Die Katzen erledigten ihr Geschäft normalerweise hinten auf dem Hof und bedeckten es danach sorgfältig, aber eine verhielt sich offenbar anders, und manchmal lag ihre Kacke dann mitten auf dem Hof. Die Vermieterin mit ihrem Ordnungsdrang konnte diesen Anblick nicht ertragen. Sie zog Arbeitshandschuhe an und holte sich eine Papiertüte und eine kleine Schaufel, und dann wanderte sie durch den Hof, mit glühenden Augen und geblähten Nasenlöchern. Sie rief Osamu und mich zu sich, wenn wir losgehen wollten, sagte: »Hier«, und hielt uns dann die Papiertüte unter die Nase. Wenn wir angesichts des scheußlichen Gestanks Grimassen schnitten, schien sie zufrieden zu sein und rief: »Ha, hab ich's mir doch gedacht!« Osamu und ich tauschten verwirrte Blicke, und die Vermieterin steckte ihre Nase in die Tüte, bis nur noch ihre weißen Haare zu sehen waren, und nickte und murmelte: »Es riecht. Meine Nase funktioniert noch.« Ich vermutete, dass sie allmählich ihren Geruchssinn verlor.

Weil wir in diesem Jahr in Trauer waren, schrieben meine Mutter und ich keine Neujahrskarten, aber wir verbrachten Silvester und Neujahr bei Hiroyuki, dem ältesten Bruder meiner Mutter. Mein Onkel lebte mit meiner Tante Toshiko, meinen beiden Kusinen und meiner Großmutter zusammen, die Großmutter war erst kürzlich zu ihnen gezogen. Meine

Mutter besuchte diesen Bruder fast nie. Nicht, dass sie einander nicht gemocht hätten. Sie hatten nur nicht viele Gemeinsamkeiten. Aber Onkel Hiroyuki bestand darauf, dass wir meine Großmutter zumindest zu Neujahr besuchten, und da die dreistündige Reise, bei der wir mehrmals umsteigen mussten, zu weit für einen Tagesausflug war, blieben wir über Nacht. Wie mein Onkel sagte, wir hatten meine Großmutter seit einer Ewigkeit nicht mehr gesehen. Sie hatte nicht zur Beisetzung meines Vaters kommen können, weil sie damals mit einem Leberleiden im Krankenhaus gelegen hatte.

Meine Mutter und ihr Bruder tranken Bier und sahen sich die Neujahrssendungen im Fernsehen an, wobei sie nichts sagende Gespräche führten. Meine beiden Kusinen tanzten und sangen vor dem Fernseher und ahmten die Mitwirkenden einer Revue nach. Und ich saß schläfrig am *kotatsu* und fragte mich, was Osamu wohl gerade machte.

Meine Tante behandelte meine Großmutter wie ein Baby. Ihre Stimme klang fast sirupsüß, wenn sie mit ihr sprach. »Wie geht's uns denn, Oma? Braves Mädchen. Und jetzt wollen wir ein Stückchen Melone essen.« Obwohl meine Großmutter das noch sehr gut selber konnte, schnitt Tante Toshiko die Melone in mundgerechte Stücke. Meine Großmutter war sehr zierlich und sah wirklich reizend aus, wie sie da saß, mit einem vagen Lächeln, in einem flauschigen Mohairpullover, der zu ihrer hellen Haut passte. Je mehr meine Tante sie in dieser Babystimme ansprach, desto mehr schien sie zum Baby zu werden. Als ich sie ansah, fiel mir aus irgendeinem Grund unsere Vermieterin ein, die ziemlich schlampig wirkte, wenn sie in der Küche stand, wobei nur ihre Schürze sauber und adrett war, und dabei immer wieder ihre stinkende Miso-Suppe aufwärmte und daran nippte.

»Mama«, sagte ich, als wir auf unseren Futons lagen. »Wann fahren wir morgen nach Hause?« Ich war ohnehin eine unruhige Schläferin, aber diese Futondecken waren wirklich brettsteif gestärkt.

Meine Mutter drehte sich um und sah mich an: »Du willst nach Hause?«

»Nein, das ist es nicht.«

»Das ist es nicht, aber du willst nach Hause.«

»Ja.«

»Ich auch.«

»Wirklich?«

Meine Mutter nickte. Es schien lange her zu sein, dass wir so miteinander gesprochen hatten, und ich war froh.

»Oma ist wirklich alt geworden«, sagte sie wie zu sich selber. »Alle werden mich verlassen«, flüsterte sie, und dann kehrte sie mir den Rücken zu und fing leise an zu weinen.

Ich rutschte von meinem Futon und kroch zu ihr ins Bett, wo ich meinen Rücken an ihren schmiegte. Seit ich in den Kindergarten gekommen war, hatte ich nur noch selten bei meiner Mutter schlafen dürfen, aber an diesem Abend war alles anders. Die Wärme ihres Körpers sickerte langsam in meinen und plötzlich, tief in meinen fest geschlossenen Augen, sah ich das Gesicht meines Vaters ganz genau. Er hatte die Augen geschlossen und sah nachdenklich aus. Ja, ich konnte mich erinnern. Mein Vater hatte die Augen oft geschlossen, wenn er rauchte, oder manchmal auch, wenn er Musik hörte. Ich hätte gern gewusst, woran er dann dachte. Doch wenn ich mich näherte, riss er die Augen auf und nahm mich auf den Arm. Das machte mich eigentlich glücklich, aber ich konnte niemals in die Gedanken vordringen, mit denen er sich beschäftigte, wenn er allein war.

»Tut mir Leid.« Sie wischte sich wie ein Kind die Tränen aus den Augen und drehte sich dann zu mir um. »Hab ich dir einen Schrecken eingejagt?«

Ich schüttelte den Kopf. »Nein. Mama?«

»Ja.«

»Ich habe Briefe geschrieben. An Vater.«

Meine Mutter schwieg eine Weile, dann sagte sie: »Ich verstehe. Du schreibst Briefe an deinen Vater.«

»Sie werden ihm tatsächlich gebracht. Wirklich.« Wenn sie mich gefragt hätte, von wem, dann hätte ich ihr wohl alles erzählt, aber sie schwieg und starrte meine Fingerspitzen an, die in ihrer Hand lagen.

Dann fragte sie: »Was schreibst du?«

»Ähem.«

»Deine Geheimnisse?«

»Einige Geheimnisse. Und ich schreibe auch über Osamu und solche Dinge.«

Meine Mutter lachte leise.

»Mama. Papa war doch nie böse, oder?«
»Nein«, sagte sie, aber ihre Stimme klang nicht ganz sicher.
»Wenn ich ihm schreibe, dann ist das irgendwie seltsam.«
»Wieso seltsam?«
»Dann denke ich: Mein Vater ist tot. Er ist wirklich tot. Aber das macht mir keine Angst mehr.«
»Hat es dir vorher Angst gemacht?«
»Ja.«
Wir schwiegen eine Weile. »Würdest du ihm gerne schreiben, Mama?«
»Irgendwann vielleicht.«
»Dann sag mir Bescheid. Ich sorge dafür, dass er deinen Brief bekommt.« Ich schloss ganz schnell die Augen, weil ich einschlafen wollte, ehe sie mich in mein Bett zurückschickte. Aber sie schien das gar nicht vorzuhaben. Sie presste ihre Nase in meine kurzen, frisch geschnittenen Haare und blieb sehr lange still liegen. Und während ich mich noch schlafend stellte, versank sie in tiefem Schlaf.

Am Neujahrstag machten meine Mutter und ich mit meiner Großmutter einen Spaziergang. Ein Spaziergang nach dem Frühstück gehörte zu ihrem gewohnten Tagesablauf, und ob es nun Neujahr war oder nicht, sie wollte davon nicht abweichen. Meine Tante jedoch hatte morgens ein wenig Sake getrunken, um das neue Jahr zu feiern, und litt noch unter den Folgen. Mein Onkel sagte immer wieder erfolglos: »Steh schon auf und führ sie aus, ja«, als sei meine Großmutter irgendein Haustier, um das seine Frau sich kümmern müsste. Meine beiden Kusinen waren mit Freundinnen zu einem Schrein gegangen.

Wir machten uns auf den Weg zu einem in der Nähe gelegenen Park und passten dabei unser Tempo den langsameren Schritten meiner Großmutter an. Die ganze Stadt hatte sich, wie es sich für den Neujahrstag gehörte, in eine friedliche Stille gehüllt, und die Luft war frisch und kalt wie der klare Winterhimmel. Meine Großmutter schwieg. Wenn meine Mutter sie fragte: »Frierst du?«, oder: »Gehst du immer diesen Weg?«, nickte sie oder schüttelte den Kopf. Ich glaubte nicht einmal, dass ihr klar war, wer wir waren. Seit wir am Vortag gekommen waren, hatte sie uns nicht ein Mal beim Namen genannt.

Im Park setzten wir uns auf eine sonnige Bank. Vor uns grub eine Katze ein Loch in den Sandkasten, um dort ihr Geschäft zu erledigen.

»Schau mal, Mutter. Da ist eine Katze. Eine Katze«, sagte meine Mutter und zeigte darauf. Wie meine Tante sprach sie zu meiner Großmutter wie zu einem Kind, und deshalb war das, was meine Großmutter nun sagte, für uns beide ein Schock.

»Bitte, hör auf damit.« Sie schnaubte angeekelt.

»Womit soll ich aufhören?«, fragte meine Mutter und blinzelte überrascht.

»Wenn ich mir anhören muss, wie du in dieser Babysprache mit mir redest, dann lande ich nur noch früher im Grab.«

Uns klappte das Kinn herunter. Was war aus der reizenden kleinen alten Dame geworden, die noch vor einer Minute neben uns gesessen hatte?

»Wie alt bist du jetzt?« Da meine Mutter sie nur mit offenem Mund anstarrte, wiederholte Oma die Frage. »Ich will wissen, wie alt du bist.«

»Siebenunddreißig.«

Oma nickte daraufhin. Nachdem sie einige Zeit in einer Plastiktüte herumgewühlt hatte, die auf ihrem Schoß lag, zog sie einen dicken Briefumschlag hervor und reichte ihn meiner Mutter.

»Was ist das?«, fragte meine Mutter, schaute hinein und rief: »Ach, das ist ja Geld!«

»Ich habe mir überlegt, dass du nicht viel bekommen würdest, wenn ich damit bis zu meinem Tod warte.«

»Aber was ist mit Hiroyuki und seiner Familie?«

»Lass das ruhig meine Sorge sein.« Die Stimme meiner Großmutter wurde jetzt immer fester und klarer. »Du brauchst doch Geld, oder?«

»Ja, natürlich, aber … Danke. Vielen, vielen Dank. Das wird mir eine große Hilfe sein.« Außer dem Geld enthielt der Umschlag auch einen goldenen Ring.

»Den habe ich vor deiner Geburt gekauft. Er ist jetzt über vierzig Jahre alt.«

Meine Mutter probierte den Ring an. Er passte perfekt auf ihren Mittelfinger. »Bei meiner Geburt warst du schon zweiundvierzig, nicht? Erstaunlich.«

Meine Mutter betrachtete den Ring an ihrem Finger. Meine Großmutter reagierte nicht auf die Frage, sondern schaute sie nur forschend an. »In deinem Alter hast du das Gefühl, bereits alt zu sein, nicht wahr?«

Meine Mutter lachte kurz, dann antwortete sie mit einem vagen »Ja, ich glaube schon«.

»Na, vielleicht haben die Zeiten sich ja geändert, aber bei mir war das jedenfalls so. Ich war deprimiert. Dein Vater kam in der Firma voran und strotzte nur so vor Selbstvertrauen. Du warst noch nicht geboren und er hatte eine Freundin.«

»Eine Freundin? Mein Vater?«

»Ja.«

»Das ist doch unmöglich. Bei Liebesfilmen hat er immer den Fernseher ausgeschaltet.«

»Aber trotzdem hatte er eine Geliebte. Und deshalb hatte ich das Gefühl, mein Leben sei vorbei. Um mich aufzumuntern, kaufte ich mir zum allerersten Mal etwas für mich selbst, ohne ihm etwas zu sagen. Es war ein wunderbares Gefühl. Damals habe ich ihn gekauft, den Ring.«

Meine Mutter schaute auf den Ring. Ich verstand nicht genau, worüber sie da redeten, und ich konnte meinen Blick nicht vom Gesicht meiner Großmutter losreißen. Ihre Augen, ihr Mund, sogar ihre Nasenlöcher kamen mir doppelt so groß vor wie vorher im Haus meines Onkels.

»Danach wurde die Lage langsam wieder besser und dann wurdest du geboren. Und deshalb ist es ein Glücksring, verstehst du?« Ich hatte dieser Unterhaltung unter Erwachsenen

aufmerksam zugehört und jetzt wandte sie sich mir zu. »Ist er nicht schön? Wenn du groß bist, wird deine Mutter ihn dir geben.«
Meine Mutter streckte mir ihre Hand hin. Ich konnte in der glatten goldenen Oberfläche mein seitlich verzerrtes Gesicht sehen. »Ich weiß, dass du es im Moment sicher schwer hast«, sagte meine Großmutter zu meiner Mutter. Sie unterbrach sich, um sich zu räuspern. »Aber worauf es ankommt, ist das Leben, das vor dir liegt. Das darfst du nicht vergeuden. Ich will nicht, dass du später zurückblickst und erkennst, dass du noch jung warst und mehr daraus hättest machen können.«
Meine Mutter nickte mehrere Male, wie um zu sagen, ich weiß. »Ich schaffe es schon«, sagte sie.
»Wirklich? Als ich dich gestern in diesem alten Kostüm gesehen habe, war ich schockiert.«
Die Tatsache, dass das karierte Kostüm meiner Mutter auf Missfallen gestoßen war, überraschte mich. Ich fand es wunderschön. Meine Mutter lachte laut. »Ich hatte es ganz bewusst angezogen. Ich bin doch noch in Trauer. Und du weißt, dass Hiroyuki solche Dinge sehr genau nimmt.«
»Ach, dieser Junge. Er ist so streng. Er klebt wirklich an Sitte und Anstand.« Sie verzog spöttisch das Gesicht. »Mir bleibt gar nichts anderes übrig, als die alte Oma zu spielen. Wenn ich das nicht täte, könnten wir nicht zusammenleben.« Sie schüttelte heftig den Kopf, als meine Mutter widersprechen wollte. »Alle wissen, wie ich wirklich bin, eine alte Quasselstrippe eben. Mein Friseur, Dr. Nagunama, Herr Tashiro, der

Postbote, Frau Yoshigawa vom Seniorenverband, Frau Tamiya. Aber sie sind sehr verständnisvoll. Sie würden Toshiko niemals verraten, dass ich mich einfach verstelle. Sie sind wirklich allesamt reizende Menschen.«

Dann erhob meine Großmutter sich als Erste und sagte: »Na, gehen wir?« Noch heute kann ich mich genau daran erinnern, wie ihr Gesicht sich veränderte, sowie wir das Haus meines Onkels betraten, als habe sie eine Maske übergezogen; ihre Augen versanken in ihren Höhlen und sie spitzte den Mund. Unmittelbar nach unserer Rückkehr wurde uns Tee serviert und meine Großmutter pickte wie ein Vögelchen an einem Törtchen herum, das meine Tante für sie in lächerlich winzige Stücke geschnitten hatte.

Vater,

wie geht es dir? Heute war ich mit Osamu und seinem Vater am Fluss, um Drachen steigen zu lassen. Osamus Vater rannte die ganze Zeit herum und unsere Drachen stiegen sehr hoch. Der Wind am Fluss war sehr kalt. Aber Osamu und mir war heiß, weil wir so viel laufen mussten.

Herr Nishioka hat sich die Haare kurz schneiden lassen. Man kann die kahle Stelle auf seinem Kopf jetzt sehr deutlich sehen. Aber er sieht viel jünger aus als vorher.

Osamu hat seinem Vater erzählt, dass er hier bleiben möchte. Und sein Vater hat nichts dage-

gen. Osamu kann zwar noch nicht sofort herziehen. Er muss zuerst wieder nach Hause, aber in den Frühlingsferien kommt er dann ganz her. Ich war so glücklich, dass ich Osamus Hände packte, immer wieder mit ihm im Kreis herumwirbelte und am Flussufer entlangrannte.
Nach dem Drachensteigen gingen wir zur Kirche. Ich hatte eine schöne Brosche gefunden, als wir während unseres Besuchs bei Onkel Hiroyuki mit Oma im Park waren. Die habe ich Jesus gegeben. Die Nadel ist abgebrochen, aber die Brosche hat einen funkelnden roten Edelstein und ist wirklich schön. Ich dachte, Jesus würde glücklich aussehen. Aber er machte ein Gesicht, als ob er mit den Gedanken weit weg sei. Ich fragte ihn: »Woran denkst du?«, aber er gab keine Antwort. Auf dem Heimweg sagte ich zu Osamu: »Ich hasse Jesus«, und er wurde wütend und rief: »Wie kannst du so was sagen?« Ich sagte: »Weil er tot ist.« Osamu sagte: »Er ist nicht tot.« Dann habe ich ihn geschlagen. Osamu hat nicht zurückgeschlagen, wollte aber nicht mehr mit mir reden.
Abends bin ich zu Osamu gegangen, um mich zu entschuldigen. Er sagte: »Ich bin dir nicht böse«, und da war ich froh.
Dann habe ich auf der Treppe draußen mit Osamu Stein-Papier-Schere gespielt. Ich sitze abends gern

da, weil dann das Treppenlicht brennt, während es sonst überall dunkel ist. Als wir noch dort saßen, kam Fräulein Sasaki mit einem großen Koffer nach Hause. Sie war auf Hawaii gewesen und hatte für Osamu und mich Süßigkeiten mitgebracht. Wir haben sie zusammen gegessen, eine nach der anderen. Sie haben wirklich gut geschmeckt.
Auf Wiedersehen erst mal.

Am Tag bevor die Schule wieder losging, packte Osamu seinen Koffer und reiste nach Hause. Ich wollte ihn mit Herrn Nishioka zum Bahnhof bringen, aber ich musste mich am Gartentor von ihm verabschieden, weil Herr Nishioka danach direkt zur Arbeit fuhr. Ich konnte nur daran denken, dass Osamu im Frühling zurückkommen würde. Er würde bei Herrn Nishioka wohnen und jeden Tag mit mir spielen.
An dem Tag, an dem die Nachrichten die schlimmste Kältewelle des Jahres ankündigten, fand ich beim Nachhausekommen in unserem Briefkasten einen Brief von Osamu.

23. Januar

Liebe Chiaki,
wie geht es dir? Mir geht es gut, aber das hier wird kein besonders schöner Brief. Zuerst dachte ich, ich sollte lieber gar nicht schreiben, aber ich schreibe jetzt doch, weil ich dir alles erzählen will.

Meine Mutter ist endlich aus dem Krankenhaus entlassen worden. Aber das Baby ist tot. Es wurde zwar geboren, aber seine Lunge funktionierte nicht richtig und deshalb ist es schon bald gestorben. Meine Mutter weint jeden Tag. Mein Vater (ich meine den Vater hier) ist ebenfalls schrecklich enttäuscht. Aber er muss arbeiten, deshalb kann er nicht viel mit meiner Mutter zusammen sein. Ich koche jeden Tag Reisbrei für sie. Sie isst nur ganz wenig. Wenn ich sie füttere, sagt sie danke, aber sie nimmt nur ein bisschen und weint die ganze Zeit. Sie erzählt jetzt sehr viel von früher, als sie ein kleines Mädchen war. Sie redet eine Stunde oder vielleicht zwei und dann schläft sie ein, als sei sie sehr müde.
Chiaki, ich habe versprochen, dass ich im Frühling umziehen würde, aber ich kann mein Versprechen nicht halten. Ich kann meine Mutter jetzt nicht verlassen. Es wäre zu schlimm für sie, wenn ich jetzt umziehen würde, wo sie doch gerade erst das Baby verloren hat. Mein Vater (der im Pappelhaus) sagt: »Du gehörst jetzt zu deiner Mutter.« Er sagt: »Ich bin das Alleinsein gewöhnt. Ich schaffe das schon.« Aber ich weiß, dass er sich manchmal einsam fühlt, und ich mache mir schon Sorgen um ihn. Bitte, kümmere dich mir zuliebe um ihn, Chiaki.

Ich werde wieder schreiben. Ich würde gern wieder mit dir in die Kirche gehen. Es tut mir wirklich Leid, dass ich mein Versprechen nicht halten kann.
Osamu Endu

Ich rannte sofort in die Wohnung der Vermieterin, die gerade bügelte, und hielt ihr den Brief hin. »Osamus Mutter hat ihm gesagt, dass sie ihn nicht mehr braucht, weil sie ein Baby bekommt. Und bloß, weil das Baby tot ist, hat sie sich jetzt alles anders überlegt. Das ist nicht fair! Der arme Osamu!«
Ich vergrub mein Gesicht in der nach Reinigungsmittel und grünem Tee riechenden Schürze der Vermieterin und machte sie mit meinen Tränen, meiner laufenden Nase und meinem Speichel nass. Ich weiß nicht, wie lange ich so dort stand. Als ich endlich das Gesicht von ihrem Schoß hob, gab sie mir süßes Kastanien-und-Bohnen-Gelee. Ich schluckte es hinunter, während mein Hals noch von Tränen und Rotz verschleimt war, und plötzlich hatte ich einen Bärenhunger.
Die Vermieterin schnitt mit einem Obstmesser eine Scheibe Gelee ab, verzehrte es, schnitt noch eine Scheibe ab und fütterte mich damit. Obwohl ich sonst über ihren Süßigkeitenverzehr staunte, diesmal hielt ich mit. Dabei wusste ich, dass sie diesen besonderen Gelee nur über Bekannte beziehen konnte. In null Komma nichts hatten wir eine ganze Stange verputzt und dann noch eine. Während dieser ganzen Zeit blieben wir stumm.
Als ich vom Zucker so weit getröstet war, schaute mir die

Vermieterin ins Gesicht und sagte: »Na gut«. Ich hatte keine Ahnung, was hier »gut« sein sollte, und ertappte mich dabei, dass ich vor Wut schnaubte. »Frau Yanagi, ich werde Osamu schreiben. Ich werde sagen: Wir müssen unbedingt wieder miteinander spielen.«

»Das ist eine gute Idee. Es gibt nicht viele Jungen, die so lieb sind wie Osamu, weißt du.«

Aber Osamu kam nie wieder ins Pappelhaus, so lange ich dort wohnte, und unser Briefwechsel, der ja doch einer zwischen Kindern war, dauerte nicht lange an. Ich kann mich jedoch noch heute an einige seiner ernsthaften Sätze erinnern. Einmal schickte er mir ein Foto. Es stammte von einem Schulausflug, er machte mit den Fingern das V-Zeichen und schaffte es sogar, zu lächeln, während er ziemlich angespannt neben einem angeketteten kleinen Bären stand. Das Foto gefiel mir, weil es so zu Osamus Wesen passte.

– 8. Kapitel –

»Befindet sich ein Arzt an Bord?«

Obwohl ich schlafe, fangen meine Ohren die leise, aber durchdringende Stimme ein. Erst nach einem Moment geht mir auf, dass es die Stewardess war. Ich schaue auf die Uhr und sehe, dass seit dem Start vierzig Minuten vergangen sind. Ich muss fest eingeschlafen sein. Nach dem Anruf meiner Mutter am Vorabend, als sie mich von Frau Yanagis Tod in Kenntnis setzte, hatte eine Flut von Erinnerungen mich wach gehalten.

»Verzeihung, ich bin Krankenschwester.« Ich bereue sofort, das gesagt zu haben. Gut, ich habe als Krankenschwester gearbeitet, aber ich habe doch gekündigt. Und was, wenn die Situation meine Fähigkeiten überschreitet?

»Könnten Sie bitte mitkommen? Ein Fluggast leidet unter starken Bauchschmerzen.«

Während sie das sagt, klappt sie mit geübtem Griff meinen Tisch wieder hoch, befestigt ihn am Rücken des Vordersitzes, als habe sie mein Zögern nicht bemerkt. Wir gehen hinter den Vorhang, der den vorderen Teil der Maschine abtrennt.

Die Sitze hier sind geräumiger und auf dem einen, der zurückgeklappt worden ist, liegt ein junges Mädchen von vielleicht fünfzehn Jahren. Als ich ihre schmale Gestalt sehe, in Decken gehüllt und offenbar vor Schmerzen gekrümmt, verfliegen meine Zweifel.

Die Stewardess teilt mir mit, dass das Mädchen allein reist. Als das Mädchen hört, dass ich Krankenschwester bin, entspannt ihre Miene sich ein wenig.

»Kannst du mir erzählen, was passiert ist?«, frage ich.

»Ich hatte plötzlich diese schrecklichen Bauchschmerzen … und dann musste ich mich übergeben.«

»Wo tut es weh?«, frage ich und streife die Decke nach unten. Sie legt eine Hand auf ihren Unterleib und sagt: »Hier.«

Ich öffne den Gürtel ihrer Jeans und taste ihren Bauch ab, wobei ich meine Handfläche auf ihre Haut lege, die vom Schweiß ein wenig feucht geworden ist. »Hier?«

»Mmm.«

Dann bewege ich meine Hand nach rechts, abwärts von der Stelle, die sie mir gezeigt hat, und drücke zu.

»Au!«

»Wie hat dein Erbrochenes ausgesehen?«

»Ich habe mich auf der Toilette übergeben.«

»War Blut dabei?«

»Ich glaube nicht. Alles war weiß.«

Ich atme erleichtert auf. Ich bitte um ihre Telefonnummer, glücklicherweise lässt die Vorwahl annehmen, dass sie nicht weit von unserem Ziel entfernt wohnt.

Die Stewardess teilt mir mit, dass sie Magenmittel und Schmerztabletten haben, aber ich schüttele den Kopf. »Es kann sich um eine Blinddarmentzündung handeln. Könnten Sie einen Krankenwagen zum Flughafen bestellen?« Ihre sorgfältig geschminkten Augen fangen meinen Blick und halten ihn fest, wie um zu sagen, ich vertraue dir. Und du kannst mir vertrauen.

»Ja, in Ordnung. Ich kümmere mich sofort darum. Kann ich sonst noch etwas tun?«

»Das ist ihre Telefonnummer zu Hause. Ja, und wenn Sie ein Thermometer und weitere Decken haben, dann holen Sie sie bitte.«

»Sofort.«

Das Mädchen stöhnt vor Schmerzen und schaut ängstlich zu mir hoch.

»Das kommt schon in Ordnung. Wir landen in ungefähr einer halben Stunde.« Ich knie nieder und nehme ihre Hand.

»Sie meinen, es ist mein Blinddarm?«

»Ja, aber das werden wir erst mit Sicherheit wissen, wenn sie dich im Krankenhaus untersucht haben.«

»Wenn es nur der Blinddarm ist, dann ist es nicht schlimm. Meine Mutter hat ihren entfernen lassen. Ich will aber keine Narbe behalten.«

»Vielleicht ist gar keine Operation nötig. Als Erstes musst du zum Arzt.« Sie nickt. Ich halte weiter ihre Hand und rede auf sie ein, um sie ein wenig abzulenken. Sie erzählt mir, wenn sie nicht gerade vor Schmerzen aufkeucht, dass sie ihren Vater

besucht hat, der versetzt worden ist und deshalb derzeit allein lebt. Ich frage mich, wieso sie bei ihrem Vater war, wo doch gar keine Schulferien sind. Selbst während ich sie tröste, kann ich mich nicht von diesen Gedanken losmachen.
Ich war in ihrem Alter, als ich zum ersten Mal auf die Idee kam, Krankenschwester zu werden. Ich war im Krankenhaus gewesen, um meine Großmutter zu besuchen, die damals im Sterben lag, und ich war einfach hin und weg von einer der Schwestern.
Ich kann mich noch deutlich an ihre schlanke Gestalt in der weißen Tracht erinnern. Nie hatte ich mir vorstellen können, wie ich als Erwachsene sein würde, und diese Frau gab mir dann endlich eine Art Vision meiner Zukunft. Ihr ruhiges und fürsorgliches Auftreten, ihre präzisen Bewegungen, die sympathisch lebhafte Ausstrahlung hinter ihrer zurückhaltenden Redeweise – das alles, dachte ich mit fünfzehn aufgeregt, kann doch nur einer Person gehören, die ganz fest an sich selber glaubt. Diese Begegnung war vor allem deshalb von Bedeutung, weil ich trotz der Tatsache, dass ich immer die Klassenbeste war, so wenig ich auch büffelte, und obwohl ich mit Make-up experimentierte und bei einem Jungen aus der Abschlussklasse hinten auf dem Motorrad saß, doch überzeugt war, dass ich diese Art von Sicherheit niemals erlangen würde.
Im Rückblick glaube ich jetzt, dass die Krankenpflege wirklich ihre Berufung war. Sie konnte meine bettlägerige Großmutter schneller und behutsamer umlagern als alle anderen,

und das war wirklich Schwerarbeit. Wenn sie das Zimmer betrat, entspannte sich das Gesicht meiner Großmutter in tief empfundener Erleichterung. Und dann erzählte meine Großmutter von ihrer Jugend, sie brachte Geschichten, die ich, ihre eigene Enkelin, noch nie gehört hatte, darüber, dass sie als Stenotypistin gearbeitet hatte, was damals ein glamouröser Job für eine junge Frau gewesen war, und so weiter.

Aber meine Begegnung mit dieser Krankenschwester war nicht der einzige Grund für meine Berufswahl. In dieser Zeit spielte ich bereits mit dem Gedanken, so bald wie möglich von der Schule abzugehen. Ich hatte den Eindruck, ersticken zu müssen, wenn ich mich nicht aus den zwiespältigen Gefühlen meiner Mutter gegenüber befreite. Wann immer ich meinen toten Vater erwähnte, überschüttete sie mich mit ihren Erinnerungen, doch ich spürte trotzdem, dass sie ihr Herz verschlossen hatte, und das nahm ich ihr übel. Aber wenn ich dann glaubte, das alles nicht länger ertragen zu können, entdeckte ich in mir eine so große Bereitschaft, für sie zu sterben, dass ich in Tränen ausbrach. Meine arme liebe Mutter, die so gelitten hatte und die jetzt alles meinem Stiefvater überließ und nie auch nur den Versuch unternahm, selber irgendeinen Entschluss zu fassen. Doch dann ärgerte ich mich über diese Frau, die nach ihrer neuen Heirat mollig geworden war, als hätte sie ausgesorgt. Und dieselbe Stimme geisterte immer wieder durch meinen Kopf: Ist sie wirklich glücklich? Oder tut sie nur so?

Ich spielte dauernd mit dem Gedanken, zu Hause auszuziehen, obwohl ich, bis ich meine Großmutter im Krankenhaus besuchte, nicht die geringste Vorstellung davon hatte, was ich als Erwachsene machen wollte. Deshalb erschien die Krankenpflege mir als idealer Beruf. Vielleicht werde ich jetzt dafür bestraft. Habe ich meine Stelle im Krankenhaus aufgegeben und habe ich das Gefühl, nirgendwo mehr hinzukönnen, weil ich mit fünfzehn unlautere Motive in meinem Herzen gehegt habe?

Ich höre, wie die baldige Landung angekündigt wird, und die schweißnasse Hand des Mädchens umklammert meine.

»Wir sind gleich unten«, versichere ich ihr. Ich lege die Hand auf ihren dünnen Bauch. Ihr Schmerz scheint sofort auf mich überzugreifen und für einen Moment bin ich wie betäubt. Sie ist sehr zäh, viel zäher, als ich erwartet hatte.

»Bitte, lassen Sie Ihre Hand dort liegen«, sagt sie mit schwacher Stimme, ihre Augen sind noch immer geschlossen.

Das ist es ja. Obwohl ich mit doppelt so großer Begeisterung gearbeitet habe wie alle anderen, war ich niemals eine besonders gute Schwester. Manchmal, wenn ich erwachsene Männer tröstete, die vor einer einfachen Operation wie der Entfernung eines Blinddarms vor Angst weinten, wenn ich ihnen gut zuredete, betrachtete ich sie trotzdem die ganze Zeit voller Verachtung. Warum also empfinde ich die Schmerzen dieses Mädchens dermaßen lebhaft? Warum gerade jetzt, wo ich mir doch geschworen habe, niemals mehr in der Krankenpflege zu arbeiten?

Auch nach der Landung, als das Mädchen zum Krankenwagen gebracht und weggefahren wird, will der brennende Schmerz nicht aus meiner Hand weichen. Mitten in der riesigen Ankunftshalle des nagelneuen Flughafens bleibe ich stehen, gebe vor, mir die Informationstafeln anzusehen, und balle meine Hand in der Tasche zu einer Faust.

– 9. Kapitel –

Es war zu *setsubun*, einem Fest, welches das Ende des Winters und das Kommen des Frühlings anzeigt, nicht lange nachdem ich Osamus Brief bekommen hatte, dass Herr Nishioka in Schwierigkeiten geriet.

Er traf sich mit einem Freund und die beiden zogen los, um sich einen hinter die Binde zu gießen. Der Freund, Koch von Beruf, hatte Herrn Nishioka kennen gelernt, als er vorübergehend als Taxifahrer arbeitete, und war erst seit kurzem wieder als Koch tätig. Jedoch machte er weiterhin zu oft blau und wurde entlassen. Er beklagte sich bei Herrn Nishioka, weinte sogar und behauptete, er habe diesmal sein Bestes geben wollen, sei aber gefeuert worden. War die Welt nicht kalt und grausam?

Herr Nishioka hatte ein gutes Herz. »Ich werde mit ihnen reden«, verkündigte er, angeregt durch den bereits konsumierten Alkohol. Dann machte er sich auf den Weg in das Restaurant, in dem sein Freund gearbeitet hatte. Zuerst nahm er eine demütige Haltung ein und war sogar bereit, auf die Knie zu fallen und so seine Bitte vorzubringen. Die Frau, die das Restaurant leitete, zeigte ihm nicht nur die kalte Schulter, sondern machte auch noch bissige Bemerkungen über ihn, was Herrn Nishioka in Wut versetzte. Normalerweise hätte er sich über solche Dinge niemals weiter aufgeregt, aber ich nehme an, dass er wegen Osamu ohnehin schon angeschlagen war.

Erst am nächsten Tag wandte die Polizei sich an die Vermieterin. Herr Nishioka hatte zunächst bei seiner Taxigesellschaft angerufen, aber dort interessierte man sich nicht für seine Notlage. Die Vermieterin bat Fräulein Sasaki, sie zur Wache zu begleiten, zog einen nach Kampfer riechenden Kimono an, überlegte, ob sie ihr Gebiss einsetzen sollte oder nicht, und ging schließlich ohne. »Du passt solange auf das Haus auf«, sagte sie zu mir.

Bald kamen sie mit Herrn Nishioka zurück. Sein Gesicht war totenbleich und er taumelte wie ein Gespenst die Treppe hoch. »Ein schrecklicher Kater«, sagte Fräulein Sasaki und runzelte die Stirn, als sie hinter ihm herblickte.

Ich erfuhr die Einzelheiten, als ich die Vermieterin und Fräulein Sasaki heimlich belauschte. Sei es, dass sie einen plötzlichen mitleidigen Moment erwischt hatte oder dass sie einfach nur neugierig war, auf jeden Fall war Fräulein Sasaki bereit, für die Vermieterin Anrufe zu erledigen. Niemand wäre auf diese Idee gekommen, aber die Hausbesitzerin war ein wenig schwerhörig und telefonierte deshalb nicht gern.

Vierzehn Salatteller, acht Essteller, fünfunddreißig Gläser, eine Blumenvase, ein Kasten Bier, fünfzehn ungeöffnete

Whiskeyflaschen, vier Glasscheiben aus einem Porzellanschrank, eine Glühbirne ... die Vermieterin und Fräulein Sasaki seufzten fast vor Bewunderung, als sie die Schadensliste lasen, die das Restaurant geschickt hatte.

»Wo um alles in der Welt hat dieser magere alte Starrkopf so viel Kraft hergenommen?«

»Das war sicher die aufregendste Nacht, die er seit langem erlebt hat.«

Sie überlegten, ob die Summe, die das Restaurant in Rechnung stellen wollte, zu hoch gegriffen sei, aber am Ende kamen sie zu dem Schluss, dass er sich glücklich schätzen sollte, wenn keine Anzeige erstattet wurde, und sie übergaben die Sache einem Bekannten der Vermieterin, der Anwalt war. Doch auch nachdem sie sich darüber geeinigt hatten, staunten sie noch immer die Liste an.

Die Vermieterin suchte sogar die Taxigesellschaft auf. Obwohl sie Herrn Nishioka im Stich gelassen hatten, ging sie mehrmals hin, brachte Konfektschachteln mit und flehte sie an, ihn nicht zu entlassen. Der Leiter der Gesellschaft, der gerade für jeden Grund, jemanden zu entlassen, dankbar war, traf in dieser alten Frau, die jeden Tag trotz des kalten Wetters in ihrem alten Kimono und umschwebt von einem durchdringenden Kampfergeruch kam, auf eine Gegnerin, die ihm gewachsen war.

Nachdem ich ihr eine eher wortkarge Darstellung der Lage geliefert hatte, ging meine Mutter abends mit einem Kompott aus Süßkartoffeln und Zitronen zur Vermieterin, um sich nach deren Befinden zu erkundigen. Herr Nishioka war gerade bei ihr. Vom Ende des dunklen Flurs aus konnten wir ihn erkennen, wie er mit ziemlich kleinlauter Miene am *kotatsu* saß. Meine Mutter und ich überreichten der Vermieterin das Kompott an der Haustür und wollten schon wieder gehen, als Fräulein Sasaki auf dem Rückweg von der Arbeit an der offenen Tür vorüberkam. Ohne zu ahnen, dass Herr Nishioka anwesend war, trat sie in die Diele und fing ein Gespräch mit der Vermieterin an. »Waren Sie heute wieder bei der Taxigesellschaft? Wie sieht's aus mit dem Job des Starrkopfs? Werden sie ihn behalten?« Aber als Herr Nishioka dann auftauchte und sagte: »Es tut mir Leid, Ihnen solche Umstände gemacht zu haben«, nickte sie zum Gruß und murmelte: »Ach, Sie sind hier.«

»Ja, ähem, und ich habe es Ihnen und Frau Yanagi zu verdanken, dass ich meine Stelle behalten darf.«

»Na, das sind doch großartige Neuigkeiten«, sagte sie, ohne zu lächeln, dann kehrte sie uns allen den Rücken zu und lief die Treppe hoch, während wir verlegen von einem Fuß auf den anderen traten. Sie kam mit zwei großen Bierflaschen in jeder Hand zurück. »Das ist nun wirklich ein Grund zum Feiern. Trinken wir einen zusammen!«

Wir saßen an diesem Abend sehr lange im Wohnzimmer der Vermieterin. In den drei Jahren, die ich im Pappelhaus verbracht habe, versammelte sich damit zum ersten und letzten Mal das ganze Haus zu einem Bier. Schon nach einem halben Glas fing die Vermieterin, die einen heftigen Schluckauf hatte – vielleicht, weil der Alkohol ihr zu Kopf gestiegen war –, an, in ihrem Schrank herumzuwühlen und endlich einige uralte Kekse hervorzuholen, die sie dort verstaut hatte. Fräulein Sasaki und meine Mutter schenkten sich gegenseitig Bier ein und jede behauptete, keinen Tropfen mehr trinken zu können, während beide das Tempo, in dem sie ihr Glas leerten, ständig steigerten. Herr Nishioka griff zu einer alten japanischen Laute, die *biwa* genannt wird und von der ich wirklich nicht weiß, wo er sie gefunden hatte, und zupfte eine melancholische Melodie. Dann stöhnte er plötzlich und brach in Tränen aus.

»Du meine Güte!«, sagte Fräulein Sasaki und seufzte leise. Meine Mutter schaute Herrn Nishioka an und ihre Hand, die das Glas hielt, erstarrte in der Luft. Die Vermieterin fing an, ihn zu trösten, sie sagte: »Das war hart, ich weiß, aber …«, doch dann wurde sie vom Schluckauf unterbrochen. Und ich saß nur da und wusste nicht, was ich mit dem Keks anfangen sollte, den ich schon in den Mund gesteckt hatte.

Herr Nishioka saß mit gesenktem Kopf da, schluchzte hilflos, dann sprang er plötzlich auf. Sein Gesicht war knallrot. Seine Schultern bebten heftig. Fräulein Sasaki, meine Mutter, ich und sogar die Vermieterin, die normalerweise gekrümmt dasaß, richteten uns gerade auf.

»Herr Nishioka …«, sagte meine Mutter und schaute besorgt zu Fräulein Sasaki und der Vermieterin hinüber.

»Hören Sie, setzen Sie sich doch einfach wieder. Wenn Sie im Stehen trinken, werden Sie schneller betrunken«, sagte

Fräulein Sasaki. Aber ob er nun zugehört hatte oder nicht, jedenfalls machte Herr Nishioka einen großen Schritt vorwärts und blieb mit dem Fuß in der *kotatsu*-Decke hängen. Sein Körper, der wie eine Vogelscheuche aussah, schwankte gefährlich. Es gelang ihm trotzdem, sich auf irgendeine Weise zu fangen und mit überaus unsicheren Schritten zum Spülbecken in der Küche zu gehen, wo er wütend den Wasserhahn aufdrehte. Ich dachte, er wolle sich das Gesicht waschen, aber er füllte eine Tasse mit Wasser und kam zurück.

»Schluckauf. Wasser trinken. Das hilft.«

Die Vermieterin nahm höflich die Tasse entgegen, die er ihr hinhielt, obwohl ihre Verwirrung den Schluckauf offenbar schon vertrieben hatte.

Ich weiß nicht, wie oft Fräulein Sasaki zu ihrer Wohnung hochstieg, um noch mehr Bier zu holen. Von dem betrunkenen Fräulein Sasaki bedrängt, sagte Herr Nishioka einen *rakugo*-Monolog namens »Kaen-Dako« auf. Obwohl meine Mutter als Einzige lachte, wirkte er überaus zufrieden und wiederholte immer wieder eine Zeile, die so ungefähr bedeutete: »Sei nicht so schockiert, dass du dir in die Hose pisst.« Zwischendurch trank er immer mehr Bier. Ehe ich mich's versah, war ich unter die *kotatsu*-Decke gekrochen und eingeschlafen, während die Vermieterin ein beliebtes japanisches Volkslied sang, auf eine so monotone Weise, dass es wie ein Pilgergesang klang.

Im Laufe der Tage erschienen an den nackten Zweigen der Pappel kleine grüne Blätter. Der Geruch von Gras und Bäumen, der weit hinten in meiner Nase kitzelte, wurde jeden Tag stärker. Eine streunende Katze warf hinter dem Schuppen Junge. Die Katzenmutter zeigte ihre Krallen und ließ niemanden an sich heran, aber ich stellte jeden Tag eine Untertasse voll Milch vor den Schuppen.

Ich machte damals eine Phase durch, in der ich gegen meine Mutter rebellierte. Wenn ich ihren Rücken sah, während sie in der Küche arbeitete, dann erfüllte mich eine gewaltige Gereiztheit, ich war davon überzeugt, dass sie mir ihr Herz nicht geöffnet hatte, dass es etwas gab, das sie mir erzählen müsste, was sie aber nicht tat. Ich sprang auf die unwichtigsten, banalsten Dinge an – dass sie mir zu schroff gute Nacht sagte, dass sie sich auf eine Fernsehsendung konzentrierte, wo sie doch mir zuhören sollte – und fauchte sie an. Ich war zwar noch ein Kind, schien aber auf Konfrontation aus zu sein. Doch je mehr ich mich in dieses Verhalten hineinsteigerte, umso weniger schien ich das Herz meiner Mutter erreichen zu können, und deshalb litt ich unter Gewissensqualen. Ich hörte auf, meinem Vater zu schreiben. Da ich die Kontrolle über mich selbst verloren hatte, war ich außerstande, meine Frustration in Worte zu kleiden, und ich wusste auch nicht, ob das akzeptabel gewesen wäre.

Deshalb war es für mich eine große Überraschung, als meine Mutter mir einen Briefumschlag überreichte.

»Hier ist ein Brief an deinen Vater. Du hast doch gesagt, dass er ihm gebracht würde, falls ich ihm schreiben wollte, nicht wahr?«

Ich erinnerte mich an die Nacht, in der ich mit ihr darüber gesprochen hatte. Zu Silvester, bei meinem Onkel. »Ja, das stimmt.«

»Würdest du diesen Brief also weiterleiten?«

Ich nickte und nahm den glatten, cremefarbenen Umschlag mit der Aufschrift »Herrn Shunzo Hoshino, von Tsukasa«, geschrieben in der Handschrift meiner Mutter. Der Brief war schwer genug, um sicher auf meiner Handfläche zu ruhen, und natürlich war er zugeklebt.

Ich freute mich darüber, dass meine Mutter mein Angebot angenommen hatte. Am nächsten Tag ging ich nach der Schule sofort zur Vermieterin und gab ihr den Brief, den ich sorgfältig in meiner Schultasche verstaut hatte.

»Ich habe mein Versprechen, das Geheimnis für mich zu behalten, nicht gebrochen. Ich habe nicht verraten, dass Sie das sind.«

»Na, dann ist das sicher in Ordnung«, sagte sie und nahm den Brief. »Aber als Gegenleistung musst du auf dem Hof Unkraut jäten.«

Was meine Mutter sich wohl dabei dachte, mir den Brief an Vater zu geben? Hatte sie ihm wirklich etwas zu sagen oder wollte sie mich nur besänftigen, weil ich mich die ganze Zeit beschwerte? Was immer der Grund gewesen sein mag, mein Ärger über sie verflog, als habe es ihn nie gegeben.

In den Frühlingsferien verbrachte ich die Zeit damit, auf dem

Hof der Vermieterin die jungen Kätzchen zu jagen. Die Hausbesitzerin und ich jäteten oft zusammen Unkraut. Wir hatten jede einen Sack und wetteiferten darum, welcher zuerst gefüllt wäre. Auf dem schwarzen Boden, der im Winter vom Frost bedeckt gewesen war, spross überall Unkraut, Pflanzen, die ich noch nie gesehen hatte. Wir kamen nur langsam voran, weil ich immer wieder ihren Rat einholen musste. »Soll ich das hier ausreißen?«, fragte ich und dann sagte sie: »Das ist ein Veilchen«, oder: »Das ist Pfefferminze.« Aber ab und zu steckte sie verstohlen ein wenig Unkraut aus ihrem Sack in meinen. Ich trug jetzt Schuhgröße 6 und meine Mutter kaufte mir einen himmelblauen Rock für das nächste Schuljahr, als Ersatz für den roten, der inzwischen zu klein geworden war. Die Schächte, vor denen ich mich früher so gefürchtet hatte, waren verschwunden und ich hatte ihre Existenz fast vergessen.

Es war ein windiger Tag Anfang April. »Mach das Fenster nicht auf, sonst fliegt der Staub herein«, hatte meine Mutter gesagt, und deshalb saß ich vor dem geschlossenen Fenster und betrachtete die Pappel, die gelassen im Wind stand, während jeder Windstoß die frisch gewachsenen Blätter abzureißen schien. Manchmal schlug der Wind gegen das Fenster, gegen das ich geistesabwesend meine Nase presste, und riss mich aus meinen Tagträumen.

Graue Wolken jagten über den Himmel. Ich schaute nach unten und sah auf dem Hof die Vermieterin. Ihre weißen Haare, die vom Wind zerzaust wurden, wehten hinter ihr her

und ihre Beine, die in mehrere Schichten Socken gehüllt waren, welche unter ihrem engen Rock hervorschauten, wurden fest gegen den Boden gedrückt, wie um zu sagen: Der Wind wird mich nicht besiegen. Was in aller Welt mochte sie an einem solchen Tag dort unten wollen, fragte ich mich.
Doch schon bald hatte ich es herausgefunden. Ein Gummibaum, den sie in einem Topf neben dem Wäscheständer aufgestellt hatte, war vom Wind umgeworfen worden. Mit unsicheren Schritten ging sie darauf zu, als wate sie durch Wasser, sie legte all ihre Kraft in ihren krummen Rücken und richtete den großen Topf wieder auf. Dann kehrte sie der gläsernen Schiebetür den Rücken zu und zog den Topf Zoll für Zoll ganz geduldig hinter sich her. Wenn sie dieses Teil ins Haus schaffen will, dann helfe ich ihr wohl besser, dachte ich. Aber als ich mich vom Fenster abwandte, schien der Wind sich zu einem riesigen Klumpen zusammenzuballen und loszuheulen. Verwirrt drehte ich mich wieder um, schaute nach unten und sah, dass der eben noch vor Anstrengung angespannte Rücken der Vermieterin sich nicht mehr bewegte. Sie war hingefallen und ihre Arme umschlangen noch immer den Gummibaum.
Unglücklicherweise waren weder Fräulein Sasaki noch Herr Nishioka zu Hause. Ich stürzte auf den Hof. Während der Wind wütend heulte und der Hund an der Ecke wie verrückt bellte, kam mir die unmittelbare Umgebung der Vermieterin totenstill vor. Weinend rannte ich zum Nachbarhaus und klopfte an die Tür.

An ihrem freien Tag ging ich mit meiner Mutter ins Krankenhaus, um die Vermieterin zu besuchen. Ich glaube, das war drei Tage nach ihrem Sturz. Ihr Gesicht war unter einer Sauerstoffmaske versteckt und sie schlief. Ihre Augen, die sonst unter den Haaren heraus wütend die Welt anstarrten, waren geschlossen, die weiße Bettdecke sah platt aus. Die Vermieterin schien plötzlich viel kleiner geworden zu sein. Ich war entsetzt über diesen jämmerlichen Anblick. Im Gegensatz zu dem Schock, den ich erlitten hatte, als sie vom Wind umgeworfen worden war, überkam mich bei diesem Anblick ein kaltes, klammes Gefühl.

»Muss sie sterben?«, fragte ich meine Mutter, als wir vom Krankenhaus heimgingen.

»Sie wird schon wieder gesund«, sagte meine Mutter, aber wie ich erwartet hatte, war sie nervös. Erneut sah ich vor mir den Schacht, der mich mit seinem weit aufgerissenen schwarzen Schlund erwartete. »Geh weg, ich will dich nicht«, flüsterte ich, aber der Schacht lachte nur höhnisch.

An diesem Abend schloss meine Mutter die Wohnungstür der Vermieterin auf. Sie und Fräulein Sasaki hatten verabredet, an ihren freien Tagen Frau Yanaki abwechselnd frische Schlafanzüge und andere Dinge zu bringen. Meine Mutter sollte Fräulein Sasaki den Schlüssel geben, aber sie wollte vorher noch saubere Unterwäsche holen und sie am nächsten Morgen auf dem Weg zur Arbeit im Krankenhaus abgeben.

Als ich hörte, wie meine Mutter draußen die Treppe hinunterstieg, dachte ich an die Schublade. War der Anblick der Vermieterin, die wie eine zerbrochene Holzpuppe im Bett lag, nicht der Beweis dafür, dass die Schublade nun endlich voll war? Aber es gab doch noch etwas, das ich zu ihrer Rettung unternehmen konnte. Und wenn ich das schaffen wollte, ehe sie in den schwarzen Schacht gezogen wurde, dann war jetzt meine einzige Gelegenheit dazu, solange die Tür nicht verschlossen war.

Verstohlen schlich ich hinter meiner Mutter her die Treppe hinunter. Glücklicherweise stand die Eingangstür offen, während meine Mutter in der Abstellkammer beschäftigt war, die dem Schlafzimmer der Vermieterin gegenüberlag. Ich setzte alles auf eine Karte und schlüpfte auf Zehenspitzen in das vertraute Wohnzimmer. Ich konnte meine Mutter summen hören. Sie hatte mich nicht bemerkt.

Ich holte einen Schemel aus der Küche, stellte ihn vor die schwarze Kommode und stieg hinauf. Er war so hoch, dass ich gerade in die oberste Schublade hineinschauen konnte, wenn ich mich auf die Zehenspitzen stellte. Und dann brauchte ich nur noch nachzusehen. Die Vermieterin hatte mir doch schließlich selbst gesagt, dass die Person, die in die Schublade schaute, auch die Briefe in die nächste Welt befördern müsste.

Ich hatte durchaus nicht die heldenhafte Vorstellung, an ihrer Stelle zu sterben. Es war nur, dass in irgendeiner verzweifelten Ecke meines Gehirns die Idee nistete, dass ich meine Angst, in einen offenen Schacht gesaugt zu werden, durch

einen Blick in die Schublade überwinden könnte. Ich konnte den Gedanken, dass die Vermieterin sterben würde, einfach nicht ertragen. Sie sollte leben!
Ich stieg entschlossen auf den Schemel und zog mit aller Kraft an den Handgriffen. Die schwere Schublade öffnete sich überraschend leise und problemlos. Ein angenehmer Duft, wie Weihrauch, stieg daraus auf und unbewusst schloss ich die Augen. Ich stellte mich auf die Zehenspitzen. Jetzt, dachte ich, Augen auf. Dann muss die Vermieterin nicht sterben. Schnell, Augen auf. Aber meine Augen blieben fest geschlossen und meine Zehenspitzen fingen an zu zittern.
»Was machst du denn hier?« Verwirrt von dieser unerwarteten Frage fuhr ich herum und blickte in die Augen meiner Mutter. Ich war bestimmt noch nicht länger als eine Minute hier. Ich hatte mich dermaßen konzentriert, dass ich ihre Anwesenheit total vergessen hatte, und war entsetzt über ihren Anblick.
»Was soll das denn? Ohne Erlaubnis fremde Schubladen durchwühlen!« Meine Mutter drückte mit einer Hand gegen die Schublade, die sich mit einem Klicken schloss, als sei sie von einem Magnet angezogen worden. Ich sprang mit einem leisen Plumps vom Schemel. Es war vorbei. Später an diesem Abend würde meine Mutter Fräulein Sasaki den Schlüssel geben. Meine Chance war vertan, weil ich meine Augen nicht sofort geöffnet hatte.
An diesem Abend schrieb ich an meinen Vater. Es spielte jetzt keine Rolle mehr, ob ich den Brief der Vermieterin geben

könnte oder nicht. Aber jemand sollte sie retten, und wenn ich schon jemanden darum bat, dann lieber meinen Vater als Jesus oder irgendwen sonst. Seltsamerweise dachte ich, während ich den Brief schrieb, immer wieder an meinen Vater, hörte für einen Moment seine Stimme, nicht die der Vermieterin, er tauchte für einen Moment in meiner Erinnerung auf und verschwand dann wieder; mein Vater, wie er schweigend aß, die Art, wie er die Tür schloss, wenn er das Haus verließ, wie er »Da bin ich!« rief, wenn er nach Hause kam; die Bewegung seiner Hände, wenn er seinen Mantel auszog, an dem noch die kalte Luft von draußen und der Geruch des Zigarettenrauchs hafteten; seine Stimme, wenn er meinen Namen nannte.

Ich schob den Brief unter mein Kissen und legte mich hin. Aber im selben Augenblick wusste ich, dass ich nie im Leben schlafen könnte. Ich bereute zutiefst die Angst, die mich an diesem Nachmittag daran gehindert hatte, in die Schublade zu schauen, und schämte mich entsetzlich.

Ich war noch immer hellwach, als mitten in der Nacht das kühle Mondlicht ins Zimmer fiel. Meine Mutter atmete friedlich auf ihrem Futon. Ich kam mir vor wie der einzige Mensch auf der Welt, der noch wach war, und ehe ich mich's versah, war mein Kissen heiß und feucht. Mir kam immer wieder derselbe Gedanke, während ich mich hin und her wälzte: Wenn ich doch nur die Uhr zu dem Moment zurückstellen könnte, in dem ich die Schublade geöffnet hatte, dann würde ich diesmal ohne zu zögern hineinschauen.

In diesem Moment klingelte das Telefon. Es war leise gestellt und meine Mutter war sicher sehr müde gewesen, denn sie rührte sich nicht. Ich stand auf, ging in die Küche und nahm den Hörer von der Gabel. Ich konnte keine Stimme hören – ich hörte nur ein Rauschen, wie vom Wind oder wie bei einem Ferngespräch von weit her.

Ohne zu überlegen fragte ich: »Vater?« Vielleicht klang das Rauschen wie die Statik der Telefonleitungen, als mein Vater damals, vor langer Zeit, aus England angerufen hatte. *Tsu-tsu-tsu.* Dann kam ein anderes Geräusch dazu und die Leitung war tot. Ich legte auf und starrte eine Weile ins Leere. Das Rauschen hallte noch immer in meinen Ohren wider.

Allmählich stieg aus den tiefsten Tiefen meines Wesens ein Gefühl der Gewissheit in mir auf. Die Vermieterin würde wieder gesund werden. Der Anruf war bestimmt von meinem Vater, als Antwort auf den Hilferuf in meinem Brief. »Etwas Erstaunliches« war endlich passiert, das Ereignis, auf das ich so lange gewartet hatte. Das Obst auf dem Altar faulte noch immer vor sich hin, aber mein Vater wachte wirklich über mich.

Das glaubte ich ohne den geringsten Zweifel. Das Mondlicht, das in meinen Augen eben noch erbarmungslos grell gewesen war, schien sich jetzt sanft und vertraut über mich zu senken, als wolle es ein Geheimnis mit einer Freundin teilen. Und die Pappel, die von Anfang bis Ende wirklich alles wusste, war eine überaus zuverlässige Zeugin.

Ich kehrte auf Zehenspitzen zu meinem Futon zurück, meine

bittere Reue von vorhin war vergessen, und endlich schlief ich ein.

Bei dem Anruf konnte es sich um einen Scherz gehandelt haben, vielleicht hatte auch jemand die falsche Nummer erwischt, das überlegte ich mir nachher sehr oft. Aber selbst wenn dem so war, dann spielte es keine Rolle, da ich glauben konnte, es sei mein Vater gewesen. Ich fühlte mich sicher in dem Wissen, dass ich, die ich jetzt endlich das wichtigste Stück im Puzzle gefunden hatte, ihn nun nie mehr aus den Augen verlieren würde.

Die Vermieterin kam für eine Frau ihres Alters überraschend schnell wieder zu Kräften, und eine Woche nach dem Anruf saß sie bereits im Bett und verzehrte *mamedaifuku*, die ich ihr aus dem Nishikawa-Laden mitgebracht hatte. Ich schaute jeden Tag auf dem Heimweg von der Schule bei ihr im Krankenhaus vorbei. Ich musste einfach immer wieder einen Blick darauf werfen, auf »etwas Erstaunliches«, das sich unmittelbar vor meinen Augen zugetragen hatte.

An einem Wochenende im Mai wurde sie aus dem Krankenhaus entlassen. Nachdem sie in Herrn Nishiokas Taxi nach Hause gefahren war, stellte sie sich als Erstes vor die Pappel und schaute nach oben, die grünen Blätter bewegten sich vor dem blauen Himmel und die Vermieterin blinzelte im hellen Licht. Sie schnaubte laut – hunh, hunh –, dann ging sie ins Haus, betete vor dem Bild ihres Mannes auf dem Altar und schaute sich langsam im Zimmer um. Jetzt, wo sie wieder in ihrem Wohnzimmer saß, schienen die Drachenfigur, die ich einmal so unheimlich gefunden hatte, die alten Bücher, der vergilbte Wandbehang und alles andere überraschend gut in diese Umgebung zu passen.

An der Stelle, an der ich während meiner Krankheit gelegen hatte, war ein Futon ausgebreitet worden. Meine Mutter und Fräulein Sasaki hatten ihn vermutlich dorthin gelegt, weil es im Wohnzimmer einen Fernseher gab und weil es größer war als der Raum, in dem die Vermieterin normalerweise schlief. Meine Mutter hatte mir eingeschärft: »Wenn sie sich umgezogen hat und zu Bett gegangen ist, kommst du sofort nach Hause.« Zweifellos waren es ebenfalls meine Mutter und Fräulein Sasaki gewesen, die gemeinsam beschlossen hatten, es sei besser, wenn ich unten war und nicht eine Erwachsene, die um die Vermieterin herumscharwenzelte.

Aber sie ließ sich Zeit mit dem Zubettgehen. Sie ging in die Küche und öffnete die Schranktüren, sie wühlte in einer kleinen Schublade unter dem Altar und zog eine alte Nagelfeile heraus, sie streichelte die Rücklehne eines beinlosen Stuhls und sie murmelte vor sich hin. Ich beobachtete sie mit einer gewissen Besorgnis.

Sie streckte einen Arm aus und ließ einen Finger über die schwarze Kommode wandern. Dann drehte sie sich um, beugte sich vor, um mich anzusehen, ihre Stirn war durch den Krankenhausaufenthalt ein wenig bleicher geworden, und sie fing meinen Blick auf, während ich auf der Tatami-Matte saß. Ich spürte, wie mein Gesicht immer röter wurde, als sie mich ansah. Ihr Blick schien alles durchdringen zu können. Aber dann ließ sie ihre Augen weiterwandern und fing an, sich auszuziehen. Weil ich es unhöflich gefunden hätte, sie dabei anzustarren, hatte ich meinen Blick gesenkt, als sie zu mir sagte: »Diese Schublade ist noch nicht voll, weißt du. Leider muss ich noch weiterleben.«

»Wirklich?« Sofort hob ich mein Gesicht. Sie ragte über mir auf, jetzt in ihrem blassrosa Unterkleid mit den kurzen Ärmeln und ihren knielangen Unterhosen.

»Wirklich«, sagte sie. Ich nahm an, dass sie ihren Schlafanzug anziehen würde, doch sie stieg in den grauen engen Rock, den sie im Haus normalerweise trug.

»Was bedeutet ›noch nicht voll‹?«

»Hmmm, na ja, noch nicht voll bedeutet, weißt du, eben noch nicht voll.«

»Dauert das noch, bis ich erwachsen bin?«

»Ach, das dauert noch sehr lange.« Und mehr sagte sie nicht. Langsam knöpfte sie eine rostrote Strickjacke zu, die ich schon oft gesehen hatte, einen Knopf nach dem anderen, von oben nach unten. Dann aßen wir zwei ein wenig Bohnensuppe aus der Tüte, die noch im Schrank gelegen hatte.

»Ach, das ist besser. Es ist so schön, in meinen eigenen vier Wänden zu sein und zu tun, was ich will. Ich kann schlafen, wann ich möchte, kann aufstehen, wann ich möchte, und kann essen, was immer ich möchte.« Sie runzelte ihr ohnehin schon verschrumpeltes Gesicht, als sie die mehlige Suppe aß. Aber ich fühlte mich noch immer alles andere als beruhigt. Sie musterte mein trauriges Gesicht forschend und frag-

te dann: »Du hast doch nicht in die Schublade geschaut, oder?«
Ich hätte gern abgewehrt, aber ich mochte auch nicht lügen.
»Ich wollte, aber ich konnte die Augen nicht öffnen.«
Als sie das hörte, lachte sie. Und sie lachte und lachte, wie mir schien, eine Ewigkeit lang, ihr Rücken krümmte sich mehr denn je, als sei das Ganze so komisch, dass sie nicht dagegen ankönnte. In meiner Verlegenheit und meinem Zorn hätte ich mich gern in Luft aufgelöst. Und dabei hatte ich mir solche Sorgen um sie gemacht. Na, beim nächsten Mal wäre mir das alles egal.
Aber dann sagte sie: »Bei der bloßen Vorstellung, ich könnte noch leben, wenn du erwachsen bist, bekomme ich eine Gänsehaut. Aber egal, ich kann ja einen Versuch machen.«
Ein sanfter Maiwind wehte durch das offene Fenster herein. Sie schloss die Augen, als lausche sie dem Geräusch der raschelnden Pappelblätter.

Vater,
wie geht es dir? Die Vermieterin ist heute aus dem Krankenhaus zurückgekommen. Sie hat jeden Gegenstand in ihrer Wohnung berührt und sehr glücklich ausgesehen. Das war ein Problem, denn sie wollte nicht ins Bett, obwohl sie noch immer Ruhe braucht. Aber als sie dann endlich ins Bett ging, hat sie mir einen ganz besonderen Einschlafzauber beigebracht. Der geht so:

Neru yori rakuwa nakarikeri
ukiyo no bakawa okite hataraku.
(Schlafen ist das Leichteste auf der Welt,
aber Toren bleiben wach und arbeiten.)
Sie sagte mir, sie sei so schnell wieder gesund geworden, weil sie vor dem Einschlafen immer diesen Spruch aufsagt. Ich habe ihr auch von dir erzählt. Ich habe ihr erzählt, dass du mich angerufen hast, als ich zu dir für ihre Genesung gebetet habe, und sie sagte: »Dann werde ich ihm sagen, wie sehr ich das zu schätzen weiß.«
Abends war ich in der Kirche. Neulich habe ich ein schönes goldenes Feuerzeug gefunden, auch wenn es nicht funktioniert, und das wollte ich Jesus geben. Aber in der kurzen Zeit seit unserer letzten Begegnung hatte er aufgehört, so auszusehen wie du. Ich fragte ihn: »Was ist denn mir dir passiert? So geht das doch nicht.« Er sah aus wie jemand, dem es im Auto schlecht geworden ist, und er sagte kein Wort.
In diesen Tagen denke ich viel an dich. Das ist seltsam, es ist doch nicht lange her, dass ich mich überhaupt nicht an dich erinnern konnte. Ich weiß, du kannst nicht mit dem Kaninchen auf dem Mond sein, und ich bin sicher, dass du kein Schaf bist. Ich glaube, du bist irgendwo, wo du in aller Ruhe rauchst, liest und arbeitest, so wie früher.

Ich möchte dich anrufen, aber ich kenne deine Telefonnummer nicht, und deshalb rufe ich die Wettervorhersage an. Es macht Spaß, sich den Wetterbericht anzuhören. Und manchmal denke ich, dass es vermutlich schrecklich viel Geld kostet, von dort aus zu telefonieren, wo mein Vater jetzt ist. Deshalb kann er mich nur anrufen, wenn etwas ganz Besonderes passiert ist, so wie beim letzten Mal.

Gestern wurde es Noriko Hashiguchi im Unterricht schlecht und deshalb bin ich mit ihr zur Schulschwester gegangen. Das ist in unserer Klasse meine Aufgabe. Noriko und ich waren die Einzigen, die auf den Fluren unterwegs waren. Ich machte mir große Sorgen. Dann hörte ich aus dem Musiksaal ein Lied. Es war eins, das du oft gehört hast. Sofort machte ich mir weniger Sorgen. Ich sagte zu Noriko: »Es ist schon gut. Du kannst dich erbrechen, wenn dir danach ist.« Sie sah ein wenig überrascht aus, dann sagte sie: »Danke, Chiaki.« Sie erzählte, dass sie zum Frühstück Krapfen gegessen hatte. Ihre Mutter hatte ihr gesagt: »Die haben zu viel Fett. Warte damit, bis du wieder zu Hause bist.« Aber sie hatte sie dann doch gegessen. Und deshalb war es ihr schlecht. Sie hatte Angst gehabt, ihr kleiner Bruder könne sie verputzen, während sie in der Schule war. »Ich

hätte sie später mit ihm teilen sollen«, sagte sie. Ich dachte, dass ich gern mit ihr befreundet wäre. Ich war froh, dass es meine Aufgabe ist, andere zur Schulschwester zu begleiten.
Ich werde für eine Weile aufhören, dir zu schreiben. Denn wenn ich schreibe, dann belege ich allen Platz in der Schublade der Vermieterin. Und das wäre sicher nicht fair, denn es ist ihre Aufgabe, für viele Menschen Post zuzustellen. Und außerdem wird alles gut gehen, weil ich weiß, dass du über mich wachst.
Von jetzt an werde ich nur in meinem Herzen an dich schreiben. Ich werde viel mehr schreiben als bisher. Und wenn du noch immer einsam bist, dann ruf bitte wieder an. Es macht auch nichts, wenn es spät in der Nacht ist.
Für heute auf Wiedersehen.

– 10. Kapitel –

Als ich bei der Feuerwache um die Ecke biege und dann die Straße am Bach entlanggehe, habe ich für den Bruchteil einer Sekunde das Gefühl, niemals von hier fortgezogen zu sein. In der Luft hängt derselbe Duft wie damals. Obwohl vor dem Bahnhof jetzt ein riesiges Einkaufszentrum aufragt und sich die Straße stark verändert hat, gibt es im Nishikawa-Laden noch immer das Lieblings*mamedaifuku* der Vermieterin, und deshalb bleibe ich stehen und kaufe welches.

Der Bach liegt im klaren Herbstlicht vor mir und meine Silhouette mit ihren spitzen Schultern, die meine Mutter bei jedem Besuch zu dem Ausruf »Du bist zu dünn!« veranlassen, spiegelt sich deutlich auf der Wasseroberfläche wider. Ich wüsste gern, ob das Wasser, das in meiner Kindheit vor Seife oft überschäumte, jetzt wohl sauberer ist.

An einem solchen Herbsttag hatte die Vermieterin mir damals von den Briefen in die nächste Welt erzählt. Das sah ihr wirklich ähnlich, denke ich jetzt, und was für eine perfekte Methode es war, um einem Kind von sechs oder sieben Jahren wieder Mut zu machen. Niemand kann bestreiten, dass ich mich von meinen Ängsten befreien konnte, indem ich diese Briefe schrieb, und deshalb auch glauben konnte, dass ein stummer Anruf mitten in der Nacht von meinem Vater kam. Außerdem bewahrte sie jeden meiner Briefe auf, und das muss eine ziemliche Anzahl gewesen sein.

Wenn ich nur könnte, dann würde ich ihr gern sagen: »Ich habe es Ihnen zu verdanken, dass ich jetzt so glücklich bin.« Aber sobald mir dieser Gedanke kommt, krampft sich meine Brust auf eine mir vertraute Weise zusammen, die ich verabscheue, und ich kann nicht mehr weiter.

Was ist mit mir geschehen? Ich habe mich in einen schweigsamen Mann verliebt, dessen Gedanken mir unergründlich erschienen. Er war Techniker in dem Krankenhaus, in dem ich gearbeitet habe. Und er war immer ruhig, wie ein Kind, das sich daran gewöhnt hat, allein zu spielen. Schließlich besuchte er mich regelmäßig zu Hause, und solange ich keine Fragen stellte wie: »Wann kommst du wieder?«, nickte er normalerweise brav zu allem, was ich sagte.

Es ist albern, sich in jemanden zu verlieben, den man nicht verstehen kann. Aber ich fühlte mich wohl in seiner Gesellschaft, auch wenn er ein Mann war, der sich in einem harten Panzer zu verkriechen schien. In Gesellschaft von beredten und schlagfertigen Menschen fühlte ich mich viel weniger wohl in meiner Haut, auch wenn ich mich im tiefsten Herzen nach ihrer Gesellschaft sehnte, aber sie machten mir Angst und verstärkten meine Schüchternheit.

Vielleicht gibt es einen Zusammenhang zwischen diesem

Wesenszug in mir und dem Bild, das ich von meinem Vater hatte. Die Einsamkeit, die ich empfand, weil ich sein Schweigen nicht durchdringen konnte, und seine Wärme, die diese Leere milderte, sind in mir untrennbar miteinander verbunden. Vielleicht kann ich einfach keine Wärme und Zärtlichkeit empfinden, ohne diese ruhige Einsamkeit zu verspüren, die ich bei meinem Vater fühlte.

In letzter Zeit empfinde ich so etwas wie Verbitterung, wenn ich an ihn denke. Er hätte mehr mit mir sprechen müssen. Dann wäre ich jetzt nicht ausgehungert nach Worten, würde mich nicht von ihnen angezogen fühlen, um mich dann vor ihnen zu fürchten. Aber das ist eine sinnlose Anklage, auch wenn sie vielleicht nicht ganz ungerecht ist. Wenn ich versuche, mein Leben des vergangenen Jahres zusammenzufassen und zu erklären, indem ich einen Mann hinzuziehe, der seit fast zwanzig Jahren tot ist, dann könnte ich auch behaupten, bei meiner Geburt lediglich einen schweigsamen Vater mitbekommen zu haben, der jung gestorben ist.

Ja, es ist lächerlich, meinem Vater Vorwürfe zu machen. »Jetzt vergiss es endlich«, schärfe ich mir ein. »Nimm die Tatsache hin, dass du blind warst. Das ist alles.« Aber sosehr ich auch versuche, mir das einzureden, umso mehr verfolgt mich ein bestimmter Traum. Ich werde weinend in den Operationssaal gebracht. »Tut mir Leid, aber es ist zu spät«, sagt der Arzt, schaut mir ins Gesicht und verpasst mir die Betäubungsspritze, während ich ihm nachsprechen muss: »Eins, zwei, drei …« Während er die Zahlen vorspricht, verwandelt sein Gesicht sich in das eines anderen. »Können wir ein andermal übers Heiraten sprechen? Die Fehlgeburt war einfach Schicksal.« Mehr sagte er nicht. Mir wäre es lieber gewesen, er hätte geschwiegen, gar nichts gesagt, ich hatte diese Worte nicht hören wollen.

Ich gab meine Arbeit im Krankenhaus auch deswegen auf, weil es mir wehtat, am selben Arbeitsplatz tätig zu sein wie mein Liebhaber, doch wenn das der einzige Grund gewesen wäre, hätte ich ja an ein anderes Krankenhaus überwechseln können. Aber ich hatte einfach das Vertrauen in meine Fähigkeiten als Schwester verloren. Die Winde der Angst hatten mich erfasst. Mein einziger Wunsch war, mich so weit wie möglich von der beängstigenden und entsetzlichen Erinnerung daran, als Patientin auf dem Operationstisch zu liegen, zu entfernen, und deshalb kniff ich und ergriff die Flucht.

Die Papiertüte mit den Medikamenten liegt noch immer in der kleinen Reisetasche, die ich mit der rechten Hand trage. Wenn es sein muss, kann ich alles nehmen; dieser Gedanke verlässt mich nie, und Tatsache ist, dass ich es noch nicht getan habe, weil ich ein Feigling bin. Aber seltsamerweise gibt das Wissen, dass ich weiterhin die Möglichkeit habe, eine Überdosis zu nehmen, mir das Gefühl, dass ich noch einen Tag durchhalten kann, noch einen einzigen Tag. Während der vergangenen Wochen habe ich irgendwie mit der Aussicht überlebt, dass meine einzige Zukunft im Einnehmen dieser Medikamente besteht, es kam mir vor, als wenn ich mir einen besonderen Genuss bis zum Schluss vorbehielt.

Es ist an der Zeit, sich nicht mehr zu verstellen. Wie jemand in einem fremden Land, in einer Schlange vor dem Schalter, an dem Fahrkarten für Fernzüge zu weit entfernten Orten verkauft werden, bin ich nervös und ungeduldig. Ich muss mich beeilen, beeilen und entscheiden, wohin ich will. Aber wo in aller Welt könnte mein Ziel liegen?
In diesem Moment blicke ich auf und vor mir steht die Pappel, umwogt vom Licht des Nachmittags, und ihre goldenen Blätter rascheln leise. Die Pappel ist weder Vergangenheit noch Zukunft, weder Traum noch Fälschung. Sie ist so sehr in der Wirklichkeit verankert, dass meine Gedanken für einen Moment einfach weg sind. Die Pappel denkt nie darüber nach, dass sie nirgendwo anders hinkann. Sie ist einfach da, wo sie jetzt ist. Und auch ich bin jetzt hier.
Ich hole tief Luft und setze mich wieder in Bewegung, ich schaue die winkende Pappel an, wie damals, an meinem ersten Tag hier im Haus.

»Chiaki? Du bist das doch, nicht wahr? Willkommen!« Fräulein Sasaki begrüßt mich mit einer Munterkeit, dass man nicht glauben möchte, dass jemand gestorben ist, obwohl sie anstandshalber Trauerkleidung trägt.
»Fräulein Sasaki. Lange nicht mehr gesehen.«
»Ja, sehr lange. Du bist erwachsen geworden, was? Aber ich habe dich sofort erkannt.«
Sie muss jetzt um die fünfzig sein, aber sie hat noch denselben Haarschnitt wie damals, und obwohl ihre Augen von

einigen Krähenfüßen umgeben sind, ist ihre wie üblich ungeschminkte Haut frisch und glatt.
»Hat sich nicht verändert, was, dieses Haus?«
»Nein, gar nicht.«
Das Tor, der Hof, das schattige Zwielicht der Diele und dieser Geruch, alles ist so, wie es immer war. Abgesehen davon, dass sich, wenn ich nach den vielen Schuhen gehen kann, die die Diele überschwemmen, in der Wohnung eine überraschend große Anzahl von Leuten aufhalten muss.
Der schüchtern aussehende weißbärtige alte Mann, den die Vermieterin ihren Professor nannte, hatte als junger Mann Frau und Kinder verlassen und war mit Frau Yanaki durchgebrannt, die damals als Grundschullehrerin arbeitete. Sie hatten keine Kinder und seine Verwandtschaft hatte den Kontakt zu ihm abgebrochen. Das alles hatte ich erfahren, als der Wind die Vermieterin umgeworfen hatte, und deshalb war ich einfach von einer stillen Beisetzung ausgegangen.
Als ich verblüfft in der Tür stehen bleibe, sagt Fräulein Sasaki: »Beeil dich und komm rein. Das sind alles deine Kollegen.«
Was soll das denn heißen, meine »Kollegen«? Das frage ich mich wirklich, als ich die mit Leuten brechend volle Wohnung betrete. Männer und Frauen sitzen ins Gespräch vertieft im Zimmer neben der Eingangstür, das die Vermieterin als Schlafzimmer benutzt hat, im Wohnzimmer und sogar in der Küche. Die meisten, Männer wie Frauen, sind schon älter. Niemand ist so nervös oder steif, wie es bei solchen Gele-

genheiten sonst üblich ist. Niemand weint oder jammert. Türen und Fenster sind weit geöffnet und alles liegt im goldenen Licht, das durch die gelben Pappelblätter ins Zimmer strömt. Alle sitzen einfach da, trinken Tee und wirken sehr entspannt.

Im Wohnzimmer, der vertrauten schwarzen Kommode gegenüber, ist neben dem in die Wand eingelassenen Bücherregal ein kleiner Altar aufgebaut worden. Davor steht der Sarg der Vermieterin. Nachdem ich einen Briefumschlag mit Geld und die *mamedaifuku* als Opfergabe auf den Altar gelegt habe, beuge ich mich über ihr Gesicht. Als ich durch das Fensterchen in den Sarg schaue, tritt ein Mann neben mich und hebt den Sargdeckel für mich hoch. Ein angenehmer, vertrauter Duft steigt auf. Derselbe Duft wie damals, als ich die Schublade öffnete.

»Oh!« Ich halte verblüfft den Atem an.

»Erstaunlich, nicht wahr? Unglaublich!« Der Mann, der den Deckel gehoben hat, lächelt strahlend. Er ist um die sechzig und hat weiße, aus der Stirn zurückgekämmte Haare und ein rundes, vornehmes Gesicht. »Ich war auch überrascht. Ich wäre nie auf die Idee gekommen, dass es so viele sein könnten.«

Die Vermieterin liegt in einem wunderschönen hellvioletten Kimono im Sarg, umgeben von Hunderten von Briefen. Der Mann hält behutsam seine Handfläche über ihre Füße. »Ich habe mir die Freiheit genommen, meine hier abzulegen.«

»Sie meinen …« Ich zögere, ich kann die Frage einfach nicht mit den Worten »Sie auch« beenden.

»Ja, genau.« Er nickt mit seinem runden Kopf, der an einen Vollmond erinnert, beschämt, wie ein verlegener kleiner Junge. »Tut mir Leid. Ich habe mich noch gar nicht vorgestellt. Ich bin Yamane vom Bestattungsinstitut Yamashina.«

Ich bin stumm vor Verblüffung, denn ich war davon überzeugt, dass die Vermieterin diese Geschichte über die Briefe für die nächste Welt damals eigens für mich erfunden hatte. Ihr Gesicht ist sehr, sehr klein geworden, aber ihre breite Stirn, die ich so liebe, hat sich nicht verändert. Ihre Augen sind geschlossen und die Ecken ihres Mundes, der aus einer einzigen Linie besteht, scheinen sich ein wenig zu heben, wie zu einem leichten Lachen. Sie schläft und ihr Gesicht sieht aus wie das eines boshaften Popeyes, der noch ein Kind ist. Als ich sie betrachte, laufen meine Tränen plötzlich über. Sicher, nach der zweiten Heirat meiner Mutter sind wir weit weggezogen, aber trotzdem, warum habe ich sie nie besucht? Als Erwachsene hätte ich das jederzeit tun können.

»Hier. Das sind deine.«

Fräulein Sasaki drückt mir einen dicken Stapel Briefe in die Hand. Die Aufschrift »Für Vater, von Chiaki«, in der kindlichen Schrift meiner frühen Jahre, springt mir in die Augen. Die meisten Umschläge sind von der billigen braunen Sorte, aber der ganz oben war eine Gratisbeilage aus einer Zeitschrift und ist mit Narzissen bedruckt. Ich kann noch die Stelle sehen, wo ich einen Teil meines Namens mit einem Radiergummi entfernt und neu geschrieben habe.

Ich fühle mich ziemlich wirr im Kopf, als ich mich vorbeuge, um meine Briefe zu Füßen der Vermieterin abzulegen, aber Herr Yamane hält mit sanftem Griff meine Hand fest, nimmt die Briefe und legt sie unter ihre Brust. Dann schließt er mit eleganten Handbewegungen lautlos den Sargdeckel.

»Ich habe Frau Yanagi bei einer Beisetzung kennen gelernt«, erzählt er und nippt an dem Tee, den Fräulein Sasaki ihm eingeschenkt hat. »Der Verstorbene war ein Student ihres Mannes. Er war ein Gelehrter, und als es Probleme mit den Bestattungskosten gab, na ja, da bat Frau Yanagi mich zu sich und erzählte mir von den Briefen. Sie sagte, nach ihrem Tod werde sie Briefe von mir an jemanden in der nächsten Welt mitnehmen, und deshalb sollte ich die Rechnung herabsetzen. Es war verrückt.«

»Und ich wette, dann hat sie Ihnen die Geschichte von ihrem Vetter erzählt, der gestorben ist, als sie noch Kinder waren«, falle ich ihm ins Wort.

Aber er sagt: »Nein, nicht ihr Vetter. Es ging um ihre tote Schwester. Es war eine gute Geschichte.« Er lächelt kurz über meine verblüffte Miene und erzählt weiter. »Zuerst war ich empört. Ich hatte eben erst meinen einzigen Sohn durch einen Unfall verloren und hasste meinen Beruf. Man könnte meinen, wo ich doch selber so leiden musste, hätte ich mehr Verständnis für den Schmerz anderer Menschen gehabt, aber davor hatte ich Angst. Ich sagte meinen Kollegen, die Toten seien einfach Waren, und es bereitete mir ein perverses Vergnügen, sie vor den Kopf zu stoßen. Es war schändlich, aber so war ich damals.

Dann schrieb ich einen Brief. Auf irgendeine Weise hatte sie mich dazu inspiriert, und zum Dank ging ich nicht nur mit den Kosten herunter, sondern veranstaltete die gesamte Trauerfeier gratis. Und am selben Abend fing ich an zu schreiben. Ich schrieb alles auf, was ich meinem Sohn sagen wollte, ich sagte ihm, wie Leid mir alles tat, und ich fragte, ob er verstehen könnte, wie schrecklich sein Tod für einen Vater sei und welche Pläne ich für ihn gehabt hätte. Ich will Ihnen sagen, was das Schlimmste ist. Nämlich die Zukunft sehen zu können. Ich schrieb über die Zukunft, die er möglicherweise gehabt hätte, wenn er weitergelebt hätte, die Zukunft, die ich noch immer sehen konnte, sooft ich auch versuchte, sie auszutilgen, und über meinen Zorn, der sich nicht legen wollte. Ich schrieb und schrieb, und als ich fertig war, kam ich her und gab Frau Yanagi den prall gefüllten Briefumschlag. Aber nach weniger als drei Tagen war das Leid wieder da und ich saß die ganze Nacht am Schreibtisch und brachte ihr am folgenden Tag noch einen Brief. Ich weiß nicht, wie oft sich das alles wiederholte. Aber eines Tages hörte ich dann eine Stimme, die sagte: Jetzt ist es gut. Es ist gut, du brauchst nicht mehr zu leiden.« Er schlägt die Augen nieder und kneift den Mund zu einer einzigen Linie zusammen. Dann sagt er: »Die Menschen, die sich heute hier versammelt haben, sind diejenigen, die Frau Yanagi Briefe anvertraut hatten. Allen hier hat sie geholfen.«
Wie von ihm gelenkt schaue ich mich um. Diese vielen Menschen, die jetzt hier sitzen, die sich unbefangen miteinander

unterhalten – hat die Vermieterin sie allesamt angesprochen? Hat sie ihnen die Hand gereicht, einem nach dem anderen, als sie sie gefunden hat, weinend vielleicht oder ins Leere starrend, vielleicht mit einer unbeweglichen, angespannten Miene oder zu verzweifelt, um überhaupt irgendeine Miene zu zeigen; Menschen, die nicht einmal mehr auf das Schluchzen eines verzweifelten Kindes hören konnten oder die sich fürchteten, auf der Straße oder im Wartezimmer eines Arztes, im Nishikawa-Laden oder in der Bahn, auf einer Trauerfeier oder einer Parkbank, auf dem Dach eines Warenhauses oder auf einer Brücke?

Ein Windstoß bewegt die Zweige der Pappel. Die gelben Blätter tanzen aufwärts und das goldene Licht bewegt sich mit ihnen.

»Sie haben vorhin erwähnt, dass sie Ihnen von einem verstorbenen Vetter erzählt hatte.« Ich kann in Herrn Yamanes Stimme ein Seufzen hören, in das sich ein ganz winziger Hauch von Bosheit mischt.

Ich nicke zustimmend. »Und Ihnen hat sie von einer Schwester erzählt?«

»Ja, das hat sie. Sie hatte für jeden eine andere Geschichte.«

»Für jeden?«

»Ja. Offenbar hat sie jeweils mit ihrer eigenen Geschichte angefangen, doch deren Inhalt war jedes Mal ein anderer. Ihr Vater war gestorben, ein Mädchen in ihrem Alter oder sogar ein jüngerer Bruder, der schon mit drei Monaten lesen konnte.«

»Wirklich?«

»Ich bin seit gestern hier und habe alle möglichen Leute gefragt, aber keine zwei Geschichten sind dieselben. Ich stelle mir jetzt vor, dass vielleicht – vielleicht verstehen Sie das – dass das, was Frau Yanagi passiert war, so schmerzlich war, dass sie die Wahrheit nicht sagen konnte.«

Ich frage mich, ob das stimmen kann, aber Herr Yamane, der seinen Blick gesenkt hatte, schaut nun auf und sagt: »Aber wissen Sie, es hat doch keinen Sinn, über solche Dinge zu spekulieren. Und so, wie wir sie kennen, ist es auch möglich, dass es ihr einfach Spaß gemacht hat, sich Geschichten auszudenken und die Leute davon zu überzeugen, dass die stimmten. Ich meine, finden Sie nicht, dass ihr das ähnlich gesehen hätte?«

Vor meinem inneren Auge grinst die Vermieterin, wie um zu sagen: »Hört doch nur, was dieser vertrottelte Bestattungsunternehmer für einen Unsinn redet!«

»Ja, ich glaube auch. Ich würde ihr das durchaus zutrauen«, stimme ich zu. Er lächelt erleichtert und die Haut um seine Augen wirft viele Fältchen.

Als es dunkler wird, kommen noch mehr Menschen. Fräulein Sasaki und ich rufen mehrere Male im Sushi- und im Getränkeladen an und bestellen Nachschub. Wir kochen Reis und formen Reiskugeln, gießen Tee ein und arbeiten überhaupt ziemlich hart. Natürlich sind die älteren Frauen, die bisher in aller Ruhe ihren Tee getrunken haben, in diesen Dingen viel erfahrener als Fräulein Sasaki oder ich, und sie

binden frisch gestärkte weiße Schürzen oder elegante schwarze Trauerschürzen mit schwarzen Spitzen um, die sie mitgebracht haben, als wollten sie damit sagen: »Und jetzt ans Werk.« Sie arbeiten im selben Takt, wie ein Team, das seit Jahrzehnten aufeinander eingespielt ist und jede Arbeit überaus effektiv durchführt. Fräulein Sasaki ruft voller Erstaunen: »Mit denen können wir es nicht aufnehmen«, und reicht mir die große schwarze Handtasche der Vermieterin, damit ich die Buchführung übernehme, während sie die Vorratshaltung überwacht und die Befehle ihrer neuen Vorgesetzten ausführt. Sie läuft zwischen Supermarkt und Pappelhaus hin und her, um die Vorräte an Gewürzgurken, Seetang, Obst, Tee, Toilettenpapier und allem anderen, was gebraucht wird, immer wieder aufzufüllen.
Nachdem wir die für eine Totenwache vorgeschriebenen buddhistischen Gebete gesungen haben, stellen wir auf dem Hof einen von Herrn Yamane herbeigeschafften Klapptisch auf, denn das Haus ist einfach zu klein. Der Kerosinofen vor dem Wäschegestell glüht rot vor sich hin und der Tisch ist mit einem Festmahl aus Sushi, Brathähnchen, Gewürzgurken und Reiskugeln gedeckt. Fräulein Sasaki und ich laufen zwischen Küche und Hof hin und her und servieren Sake, den ein alter Mann, der »seit vierzig Jahren in unserer Straße lebt«, erhitzt hat. Er ist ein kleiner Mann, der mir nur bis zur Schulter reicht, und seine Haut glänzt, vielleicht, weil er sehr viel Sake getrunken hat oder weil er gerade ein heißes Bad genommen hat. Sein Blick, mit dem er die Sakeflaschen beobachtet, wie

sie sich in ihrem heißen Wasserbad bewegen, ist der eines Großvaters, der seinen geliebten Enkelkindern beim Baden zusieht. Er hat viele Jahre in einem Restaurant den Sake erhitzt und kann offenbar aufgrund der Anzahl der Gäste, der Art des Anlasses und der Zusammenstellung des Menüs die genaue Zeit festlegen, in der die erwünschte Temperatur erreicht wird. Ich verwünsche beim Servieren meine unbeholfenen Finger, aber alle sind begeistert. »Dieser Sake ist einfach köstlich, nicht wahr?«

Die nunmehr ausreichend aufgewärmten Gäste brechen unter dem Sternenhimmel zu zweit und zu dritt auf. Das knappe Dutzend älterer Menschen, das noch bleibt, hilft beim Aufräumen und hat offenbar vor, die ganze Nacht bei Frau Yanagi zu wachen. Einige von ihnen jedoch sind schon seit dem Vortag hier, weshalb Fräulein Sasaki und ich in den leeren Zimmern im ersten Stock gemietete Futons mit ziemlich bunten Mustern ausbreiten. Fräulein Sasaki ist derzeit die einzige Mieterin im Haus.

Die Wohnung, in der meine Mutter und ich damals gelebt haben, kommt mir alles andere als vertraut vor, sie verblüfft mich. Ist es wirklich möglich, dass wir auf so engem Raum mit einer dermaßen niedrigen Decke gehaust haben? Aber als ich die Sturmfenster aufreiße, schaut mich wie immer die Pappel an, und dann sehe auch ich. Ich sehe mich, wie mein kleiner Körper auf der Kante der Fensterbank hockt, während meine Mutter am Tisch sitzt und schreibt.

»Diese Wohnung steht seit zwei Jahren leer. Sie ist alt und

niemand wollte einziehen, wenn sie nicht renoviert würde. Als dann im vergangenen Jahr die Nachbarwohnung – ja, du hast Recht, damals hat Herr Nishioka hier gewohnt, an den kannst du dich doch gut erinnern – , als der damalige Mieter auszog, sagte die Hausbesitzerin, dass sie nicht mehr vermieten wollte. Ich frage mich, ob sie es geahnt hat.« Fräulein Sasaki erzählt das alles, während sie sich bemüht, die steif gestärkten Laken mit der Hand glatt zu streichen. »Weißt du, das ganze Grundstück wird an irgendeine Gesellschaft für das Studium der chinesischen Literatur fallen, die vor langer Zeit Herrn Yanagi geholfen hat. Die Vermieterin war sehr zufrieden, weil sie in seinem Namen einen Preis ausschreiben werden.«

Dann murmelt sie wie zu sich selbst: »Ich werde niemals wieder so eine gemütliche Wohnung finden können, das steht fest. Ich glaube, ich möchte lieber wieder in meine Heimatstadt ziehen.« Ihre Hände bewegen sich noch geschäftiger, als sie das sagt.

Mitten in der Nacht, als wir gerade nicht so viel zu tun haben, gießen Fräulein Sasaki und ich uns heißen Tee ein und verzehren die *mamedaifuku*. Die anderen Gäste waren offenbar müde, denn die meisten sind angezogen auf ihren Futons eingeschlafen. Am Sarg der Vermieterin sitzen nur noch zwei alte Männer, die sich vor kurzem noch leise unterhalten haben und deren Köpfe jetzt im Schlaf nach unten sacken. Fräulein Sasaki und ich sitzen einander am Küchentisch gegenüber.

»Ach, das war ein harter Tag. Wenn du nicht gekommen wärst, Chiaki, dann weiß ich wirklich nicht, wie ich das alles geschafft hätte.« Sie verzehrt eine der Süßigkeiten, leert ihren Tee bis zum letzten Tropfen und steckt sich eine Zigarette an. »Wenn das so weitergeht, wird es morgen bei der Bestattung noch schlimmer.«
»Haben Sie diese vielen Menschen benachrichtigt?«
»Nicht, dass sie mich darum gebeten hätte, aber sie hat sehr viel für mich getan, und ich dachte, vielleicht sollte ich das eben tun. Sie hat über alles Buch geführt, weißt du, so eine Art Notizbuch, über die Menschen, die ihr Briefe gegeben haben.«
»Wirklich?«
»Es ist nicht zu fassen. Sie hat für jeden Brief das Datum notiert, an dem sie ihn erhalten hat, und in die Spalte ›Kommentare‹ hat sie Dinge geschrieben wie ›ein frisch gesalzener Lachs‹ oder ›eine Wolldecke‹. Das war offenbar ihr Honorar. Sie war wirklich großartig.«
»Haben Sie«, frage ich nach einigem Zögern, »haben Sie ihr auch einen Brief gegeben?«
Sie schüttelt den Kopf und drückt die glühende halb gerauchte Zigarette im Aschenbecher aus. »Ich habe erst vor einem halben Jahr davon gehört, glaube ich. Ich war einfach hin und weg. Ich meine, es klingt wirklich ziemlich verrückt. ›Wenn ich tot bin‹, sagte sie zu mir, ›dann zieh mir diesen Kimono an und lege alle Briefe aus der Schublade in meinen Sarg.‹ Dann gab sie mir ein sehr großes Halsband aus Jade. Ich sag-

te, das sei wirklich nicht nötig, aber sie meinte: ›Wenn ich es dir gebe, wirst du dich dazu verpflichtet fühlen, auch etwas für mich zu tun.‹ Sie konnte wirklich ganz schön unverschämt sein, findest du nicht?«

Dann erzählt sie etwas ausführlicher über die letzte Zeit der Vermieterin. Sie konnte sich noch allein versorgen und war bis zum Schluss bei einigermaßen guter Gesundheit, aber nach und nach verlor sie den Appetit und mochte am Ende nur noch Essigpflaumen und Bohnen zu sich nehmen. In den letzten zwei oder drei Jahren konnte sie kaum noch sehen und deshalb auch die Zeitung nicht mehr lesen, was sie doch immer so gern getan hatte. Für mich ist es das Traurigste, dass sie immer gesagt hat: »Das Leben eines Menschen ist zu Ende, wenn er es sich gestattet, schmuddelig zu werden. Das ist ein Zeichen dafür, dass sie dich bald holen werden.« Und deshalb, so anstrengend das auch sein mochte, hat sie alle drei Tage gebadet, selbst wenn sie erkältet war, hat sie ihren Körper energisch mit heißem Wasser abgerieben. Vielleicht hing sie einfach am Leben, aber ich mache mir doch Vorwürfe, weil ich sie nicht besucht habe, während sie ihr Bestes getan hatte, um für mich ein langes Leben zu leben.

Ich war zehn, als meine Mutter sich entschloss, wieder zu heiraten, und wir das Pappelhaus verlassen mussten. Ich glaube, es war einige Tage vor unserem Umzug, ich konnte niemandem sagen, wie mir zumute war und dass ich nicht wegziehen wollte, als die Vermieterin zu mir sagte: »Weißt du, diese fette Katze, der du immer Milch gibst? Ich habe keine Ahnung, was du an dieser Katze findest. Sie ist ein riesiges Vieh, aber im Kampf ist sie ein Schwächling. Ihre Stimme ist heiser und gierig ist sie auch. Aber wenn du diese Katze gern hast, egal, wo du auch sein magst, dann gehört sie dir. Solange du niemals von diesem Spleen ablässt, der dich diese scheußliche alte Katze lieben lässt.«

»Das ist ein witziges Bild, nicht?« Ich schaue auf, als ich Fräulein Sasakis Stimme höre. Sie betrachtet das Foto der Vermieterin, das auf dem Altar steht. »Sie hat es selber machen lassen. Sie legte einen Kimono an und ist den ganzen Weg ins Fotostudio zu Fuß gegangen. Aber ihr Gebiss hätte sie wirklich nicht einzusetzen brauchen.«

»Aber sie ›ging doch unter Leute‹«, sage ich und im nächsten Moment prusten wir los. Wir verstummen ganz schnell und schauen zum Sarg hinüber. Die beiden alten Männer schlafen noch immer, aber ich habe den Eindruck, dass die Vermieterin auf dem Foto ein ärgerliches Gesicht macht.

»Chiaki, was machst du denn jetzt so? Ich stelle noch immer Tierkostüme und Prinzessinnenkleider her. Das ist alles.«

Da sie unbedingt eine Antwort hören will, sage ich, dass ich Krankenschwester bin, im Moment aber keine Stelle habe.

»Du hast gekündigt, nicht wahr?«

»Ja, na ja …«, murmele ich vage und sie steckt sich noch eine Zigarette an.

»Deiner Mutter scheint es gut zu gehen.«

»Ja.«

»Ihre Stimme am Telefon hatte sich kein bisschen verändert.

Sie hatte immer so eine gelassene Art zu reden. Sie hat wieder geheiratet, nicht wahr?«

»Ja, gleich nach unserem Auszug. Mein Stiefvater ist Bauunternehmer.« Wir verstummen für eine Weile. Ich fühle mich immer schuldig, wenn ich an meinen Stiefvater und an meinen Stiefbruder und meine Stiefschwester denke. Sie sind schon in Ordnung, sie sind nett zu mir, aber ich habe mich bei ihnen nie zu Hause gefühlt.

Einer der alten Männer, die im Schlaf mit dem Kopf gewackelt haben, stößt plötzlich gegen die Fensterscheibe und macht einen ziemlichen Lärm. Fräulein Sasaki springt auf und holt Decken aus dem Nachbarzimmer. Sie sagt: »Es ist kühl geworden, nicht wahr?«, und reicht eine dem alten Mann, der verlegen grinst, die andere legt sie behutsam um die Schultern des zweiten, dessen Kopf ihm im Schlaf auf die Brust gesunken ist. Dann öffnet sie einen Schrank hinter mir und zieht einen Briefumschlag heraus, der unter einem dicken Stapel unbenutzter Kleidung gelegen hat.

»Deine Mutter sagt, du möchtest das bitte lesen.«

Meine Augen kleben an dem Briefumschlag. An der vertrauten Schrift. Es ist der Brief, der einzige Brief meiner Mutter an meinen Vater, der eine, den ich der Vermieterin vor langer Zeit gegeben habe.

»Gestern habe ich deine Mutter angerufen und kurz danach rief sie zurück.«

»Um Ihnen zu sagen, dass Sie mir den Brief geben sollten?«

»Genau.«

Meine Mutter wusste also, dass ich den Brief der Vermieterin anvertraut hatte. Aber warum soll ich ihn lesen? Und warum jetzt?

Fräulein Sasaki streichelt meine Schulter, als ich in Gedanken verloren vor ihr sitze. »Du kannst doch morgen, wenn du ihn gelesen hast, Herrn Yamane bitten, ihn zu den anderen in den Sarg zu legen?« Dann läuft sie hinaus und sagt, dass sie nach oben geht, um sich ein paar Stunden auszuruhen. Ich bleibe ratlos sitzen und halte den cremefarbenen Briefumschlag in der Hand. Ich weiß wirklich nicht, was in dem Brief stehen könnte oder wie ich mich auf das Lesen vorbereiten sollte. So macht meine Mutter das immer. Gerade dann, wenn ich davon überzeugt bin, dass sie nicht auf mich achtet, richtet sie plötzlich ihre geballte Aufmerksamkeit auf mich.

Da ich weiß, dass ich die Schlacht bereits verloren habe, da kann ich den Umschlag anstarren, so lange ich will, öffne ich schließlich die Schublade oben im Schrank, aus dem Fräulein Sasaki den Brief genommen hat. Wie erwartet hat sich der Inhalt des Schrankes seit meiner Kindheit nicht mehr geändert. Ich finde sorgfältig aufgewickelte Bänder und Schnüre und in einer schmalen Plätzchendose zusammen mit Leim ein Maßband, eine Rolle Klebeband und eine Schere. Ich fühle mich ein wenig ruhiger, greife zu der stumpfen Schere und öffne den Brief meiner Mutter.

– 11. Kapitel –

An Herrn Shunzo Hoshino:
Ein halbes Jahr ist seit deinem Tod vergangen. Ich habe das Haus verkauft, bin umgezogen und habe Arbeit gefunden. In diesem halben Jahr muss sehr viel passiert sein, aber im Rückblick habe ich das Gefühl, nur geschlafen zu haben. Du weißt ja, dass ich ohnehin dazu neige, verträumt und geistesabwesend zu sein, aber in letzter Zeit bin ich noch vergesslicher geworden als sonst. Erst neulich habe ich vergessen, einen ausgerissenen Saum an Chiakis Turnhemd zu flicken, obwohl sie mich schon vor einiger Zeit darum gebeten hatte. Die arme Chiaki hat das ausgerissene Hemd zwei Wochen lang getragen.
Ich weiß, dass meine augenblickliche Verfassung daher rührt, dass ich mir zu viel aufgeladen habe. Aber wenn ich mich auch nur ein wenig gehen lasse, gerate ich in einen Teufelskreis aus schrecklichen Gewissensbissen und endlosen Selbstvorwürfen.

»Ich hätte mehr Mitgefühl aufbringen sollen« oder »Wenn ich doch nur mit dir gesprochen hätte, als du mir den Rücken zugekehrt hast, dann wäre jetzt alles anders« – immer wieder jagen solche Gedanken durch meinen Kopf.

Ich habe mir sogar überlegt, dass ich dich aus meinem Gedächtnis tilgen würde, wenn ich nur könnte. Aber je mehr ich darüber nachdenke, umso verängstigter kommt Chiaki mir vor, und ich kann nichts daran ändern.

Vielleicht bin ich ein wenig aus meinem seelischen Gleichgewicht geraten. Als ich erfahren habe, dass Chiaki dir heimlich Briefe schreibt, die sie, wie ich annehme, unserer Vermieterin gibt, habe ich mich bei dieser beschwert. Ich habe der Vermieterin gesagt, dass sie ein Kind nicht zu Dingen ermutigen soll, die es nur verstören und verwirren. Ich habe ihr wirklich die Meinung gesagt.

Ganz aufgelöst vor Wut, wie ich war, führte sie mich schweigend in ihr Zimmer und ließ mich Chiakis Briefe lesen. In ihren Briefen versucht Chiaki auf irgendeine Weise, dich, den sie verloren hat, zurückzubringen, mit aller Kraft, die ihr kleiner Körper und ihre Kinderseele aufbringen können. Dessen ungeachtet, dass die Vermieterin noch im Zimmer war, musste ich einfach weinen, als ich an Chiakis Elend dachte. Mehr noch als das ging mir jedoch eine

wichtige Tatsache auf, die ich als ihre Mutter nicht ignorieren darf.
Chiaki hat wirklich große Ähnlichkeit mit dir. Das ist mir ganz deutlich geworden, als ich ihre Briefe gelesen habe. Sie ist nicht wie ich, ist nicht damit zufrieden, sich im Leben irgendwie durchzuwursteln, solange das Ergebnis irgendeinen Sinn ergibt. Chiaki wird, zweifellos, irgendwann erkennen, dass ich sie angelogen habe, was deinen Tod betrifft, und bei diesem Gedanken zittere ich schon jetzt.
Wenn sie älter wird, wird sie noch größere Ähnlichkeit mit dir haben. Wie du, obgleich schweigsam, wird sie die Schmerzen der anderen fühlen, und weil sie sensibel ist, wird sie die Einsamkeit suchen, doch sie wird sich auch dazu verpflichtet fühlen, anderen zu helfen. Das ist der Mensch, zu dem sie heranwachsen wird. Die schwierige Seite ihres Wesens wird ebenfalls mit der Zeit klarer zutage treten. Und je mehr sie dir ähnlich wird, umso mehr wird sie sich vielleicht nach dir sehnen. Falls sie überhaupt überlebt, natürlich nur.
Ich habe vor, ihr auch weiterhin zu erzählen, dass du bei einem Verkehrsunfall ums Leben gekommen bist. Es ist vielleicht eine Frage des gesunden Menschenverstandes, einem kleinen Kind den Selbstmord seines Vaters zu verheimlichen, aber ich glaube, dass ich in ihrem Fall das Geheimnis noch sorgsamer

hüten muss. Ich kann mich nicht von dem Gedanken frei machen, dass Chiaki, sollte sie die Wahrheit erfahren – trotz der großen Höhe, aus der du dich gestürzt hast, war dein Leichnam doch von fast wundersamer Schönheit –, sich zu derselben Handlungsweise hingezogen fühlen wird. Denn schließlich hat sie dein Wesen geerbt.
Manche werden meinen, dass ich meine Zeit verschwende. Dass es keine Rolle spielt, ob sie die Wahrheit kennt oder nicht; dass die Anziehungskraft, die ihr Herz leitet, angeboren und unabänderlich ist, so, wie der Mond die Gezeiten lenkt und die Flut in Bewegung setzt. Andere könnten mit wissender Miene sogar sagen, dass es falsch ist, die Tatsachen zu verheimlichen. Wie viel besser wäre es doch für mich, denken sie vielleicht, sie fest an mich zu binden, indem ich ihr alles sage, indem ich ihr mein Herz öffne und sogar meinem Groll auf dich freien Lauf lasse und indem ich die Mahnung anfüge, dass sie eins niemals tun darf, komme, was wolle, nämlich Selbstmord begehen … Aber das kann ich einfach nicht. Die Last wäre zu schwer für dieses Kind, und da es keine Garantie dafür gibt, dass ihr nichts passieren kann, bleibt mir nur eins: mein Geheimnis weiter zu hüten. So, wie ich sie kenne, wird sie sehr enttäuscht von mir sein und rebellieren. Und das macht mir große Sorgen.

Es tut mir noch immer zu weh, meine Erinnerungen aufzuschreiben. Ich fülle mein Herz mit Bitterkeit gegen dich, um mich vor der Trauer zu beschützen, und noch bin ich nicht in der Lage, diesen Panzer abzulegen. Du bist gegangen, bist gestorben, ohne auch nur ein Wort zu sagen, hast deinen Schmerz für dich behalten. Du bist gelassen aus der Tür gegangen, hast so getan, als sei alles so wie immer, als wolltest du nur einen Spaziergang machen, wie so oft an Tagen, an denen du vor Gericht ein schwieriges Urteil fällen musstest. Aber dann hast du einer ehemaligen Geliebten einen Brief geschrieben und Selbstmord begangen, obwohl du genau gewusst haben musst, wie sehr deine Tat mich verletzen würde.
Die Vermieterin hat mir gesagt, wenn ich einen Brief an dich schriebe, könnte ich ihn ihr geben. Sie sagt, dass die Herzen der Schreibenden wirklich befreit werden, wenn sie ihre Briefe einem Boten anvertrauen, sei es nun der Postbote oder eine Flasche, die im Meer treibt. Obwohl das wie ein kindischer Trick klingt, spürte ich bei ihren Worten seltsamerweise, wie die Enge, die mein Herz umklammert hielt, ihren Griff lockerte, ob ich das nun wollte oder nicht. Ich werde Chiaki bitten, der Vermieterin diesen Brief zu bringen, aber nur, weil ich weiß, dass ich Chiaki damit eine Freude machen werde.

Ich bin sicher, dass ich dir von jetzt an viele Briefe schreiben werde. Ich werde vermutlich nicht umhinkönnen, Dutzende, vielleicht Hunderte von Briefen zu schreiben. Und ich werde alle diese Briefe bei mir behalten. Ich werde mich immer wieder fragen, warum du sterben musstest, ich werde manchmal meine Briefe lesen und ich werde immer mit dieser Frage leben. Aber das macht doch gerade das Wesen der Bande aus, die zwischen dir und mir geknüpft sind. Im Grunde kann ich diese Bande nicht lösen. Falls es mir nicht gelingt, davor wegzulaufen oder sie zu vergessen, kann ich sonst nichts mehr tun.
Wenn Chiaki erwachsen ist und ihr eigenes Leben führt, wenn ich glauben kann, dass sie zurechtkommen wird, soll sie die Wahrheit erfahren. Ich glaube, dann werde ich bereit sein, ihr alles zu erzählen, die Freude und den Kummer.
Bis dahin, bitte, wache über sie. Obwohl ich dein Handeln noch immer nicht ganz akzeptieren kann, habe ich dir doch schon vergeben, einfach weil ich dich kennen gelernt und dich geliebt habe und weil mir dadurch Chiaki anvertraut worden ist, deren Herz und Wesen so große Ähnlichkeit mit deinen haben.
Tsukasa

Ich sitze bewegungslos da, muss nachdenken. Mein Vater hat sich seinen Tod selbst ausgesucht. Und das ist in Ordnung. Es ist genügend Zeit verstrichen. Und wer hat mir diese Zeit gegeben? Meine Mutter.

Genau wie meine Mutter es vorausgesehen hatte, wurde in meiner Gymnasialzeit meine Sehnsucht nach dem abwesenden Vater so stark, dass sie nicht mehr unter Kontrolle zu bringen war. Meine Mutter machte mir Vorwürfe, weil meine Noten immer schlechter wurden, und ich drehte mich zu ihr um und fauchte: »Was ist denn mit deinem Leben? Tut Vater dir nicht mal Leid?« Das war das erste und einzige Mal, dass ich jemals so etwas sagte.

Meine Mutter wurde nicht wütend und weinte auch nicht. Und sie warf mir auch nicht die Wahrheit an den Kopf. Sie sagte nur mit ruhiger, einsamer und doch sehr klarer Stimme: »Du hast so große Ähnlichkeit mit ihm.«

Später fragte ich sie oft, in welcher Hinsicht ich meinem Vater ähnelte. Aber sie sagte immer nur: »Du hast einen schwierigen Charakter«, oder: »Du bist verschlossen. Es ist schwer zu erraten, was du denkst«, was, obwohl es nicht gelogen war, mir eigentlich nicht wichtig erschien. Sosehr ich ihr auch zusetzte, meine Mutter blieb stumm. Obgleich es Zeiten gibt, in denen wir die Dinge, die wir nicht verstehen, lieber ruhen lassen sollten, war mir das nicht möglich. Ich verstand die Aussagen meiner Mutter ganz bewusst wortwörtlich und redete mir ein, dass meine Mutter mich hasste, weil ich solche Ähnlichkeit mit meinem Vater hatte.

Diese Art zu denken gab mir nicht nur ein nicht unangenehmes Sendungsbewusstsein, ich sah mich als die Einzige, die meinen Vater trösten konnte, es machte die Sache in gewisser Weise auch leichter für mich. Wenn meine Mutter mir auch auswich, weil ich meinem Vater ähnelte, so konnte ich doch sicher sein, dass meine Mutter das Glück ihrer zweiten Ehe nicht vortäuschte, denn mein Stiefvater war ein guter Mann, lebhaft und aktiv, und sein Charakter war schon auf den ersten Blick ganz anders als der meines Vaters. Der natürliche Optimismus meiner Mutter erwachte in dieser neuen Familie wieder zum Leben, wohingegen meine Unfähigkeit, die Entscheidung meiner Mutter zu akzeptieren, trotz der Güte meines Stiefvaters, mehr als allem anderen wohl ihrem Geheimnis zuzuschreiben war. In meinem tiefsten Herzen klammerte ich mich an ein einziges Ziel und war dabei wirklich unerklärlich starrköpfig. Während ich mich einerseits nach meinem Vater sehnte, wünschte ich meiner Mutter andererseits ein Glück, auf das nicht der geringste Schatten fiel, ein Glück, das in seiner Vollkommenheit geradezu blendete. Dieses Verlangen war so stark und klar, dass es bisweilen sogar wehtat.

»Du hast solche Ähnlichkeit mit ihm.«

Wenn meine Mutter das sagte, hatte sie dann sogar ihren eigenen Kummer versiegelt? Richtete sie ihr ganzes Herz auf dieses Ziel, um mich nicht zu verlieren? Wie groß musste dann auch die Sehnsucht sein, die sie in sich angehäuft hatte!

Vielleicht hatte meine Mutter, die erkannte, dass ich eine schmerzliche Zeit durchlebte, sich überlegt: Wenn ich ihr diesen Brief jetzt nicht zeige, werde ich bis an mein Lebensende nie die Wahrheit sagen können. Oder glaubt sie wirklich, dass ich zu einer gefestigten Erwachsenen geworden bin, die im Leben keine Unsicherheit mehr kennt? Glaubt sie das wirklich?

Ich fahre immer wieder mit den Fingerspitzen über meine feuchten Wangen, bis sie ganz trocken sind. Und dabei muss ich kichern. Wenn sie mich wirklich für erwachsen hält, dann liegt sie absolut daneben. Ich muss schon sagen. Meine Mutter.

Als ich den Brief wieder in den Umschlag stecke und mit einem Finger über die feminine Schrift fahre, flüstere ich: »Danke, Mutter.«

– 12. Kapitel –

Am nächsten Morgen höre ich mehrmals Feuerwerkskörper den klaren Himmel zerreißen, wie um die Bestattung der Vermieterin zu begehen. Offenbar findet irgendwo in der Nähe eine Sportveranstaltung statt. Viele Trauergäste, die, wie sich herausstellt, bei ihrem Mann studiert haben, finden sich zur Zeremonie ein und sie verteilen sich im Garten, wo sie den vorgetragenen Gebeten lauschen. »Schönes Wetter, nicht wahr?« – »Ja, das ist es wirklich.« – »Der anhaltende Dauerregen vor ein paar Tagen scheint vorbei, als hätte es ihn nie gegeben.« – »Da haben Sie Recht.« – »Meine Knie machen mir solche Schwierigkeiten, wenn das Wetter nicht so gut wäre, hätte ich das Haus nicht verlassen können.« – »Ich auch nicht. Aber wie wir Frau Yanagi kennen, hat sie ein Geschäft mit der Vorsehung gemacht, da wette ich!« In den Gebetspausen höre ich immer wieder solche Gesprächsfetzen.

Ich stehe neben der Pappel und horche auf die Gebete. Zwischen den vereinzelten Blättern kann ich drei bleiche Schlangenkürbisse und dazu ein Vogelnest erkennen. Ich hebe ein herabgefallenes Blatt auf und will es in die Tasche stecken, unterbreche mich aber in dieser Bewegung. Wenn das Wohnhaus abgerissen wird, wer weiß, welches Schicksal die Pappel dann ereilt, aber ich bin mir sicher, dass ich sie nie vergessen werde, und das reicht.

Als für den Leichenwagen die Zeit zum Aufbruch gekommen ist und ich auf die Straße trete, bin ich überrascht. Ein riesiger glänzender Bus, der ganz und gar mit aufgemalten Kirschblüten übersät ist, steht auf der Straße neben dem Bach.

»Bitte, beeilen Sie sich beim Einsteigen. Ich versperre die Straße, also bitte, kommen Sie«, ruft der Fahrer, als er den älteren Trauergästen beim Einsteigen hilft. Er trägt Trauerkleidung und weiße Handschuhe.

»Herr Nishioka!«

»Äh …«

»Ich bin Chiaki. Chiaki Hoshino.«

»Ch-Chiaki?« Er hat ein wenig zugenommen und die weißen Strähnen in seinem noch schütterer gewordenen Haar sind jetzt deutlich, aber sein schüchternes Gesicht und seine unsichere Tenorstimme, die so leicht ins Falsett umkippt, hat sich nicht verändert. »Meine Güte, du bist aber gewachsen! Du bist ja jetzt erwachsen!«

Ich hatte nicht damit gerechnet, Herrn Nishioka hier zu begegnen. Er war noch vor Mutter und mir aus dem Pappelhaus ausgezogen, und das aus einem ganz bestimmten Grund, obwohl ich den nur ahnen konnte. Ungefähr drei Monate vor seinem Auszug hatte er Fräulein Sasaki, die gerade die Treppe herunterkam, gefragt: »W-würden Sie m-m-mit mir zur Shincho-Vorstellung gehen?« Fräulein Sasaki hatte das schlichtweg abgelehnt und gesagt: »*Rakugo* interessiert mich nicht.« Ich hatte von unter der Treppe aus zugehört, wo ich in einem Haus aus Pappkarton spielte, und konnte Herrn Nishiokas tiefen Seufzer dort deutlich hören.

Jetzt redet Herr Nishioka, seine Augenbrauen zucken wie früher. Vor zehn Jahren hat er zusammen mit Freunden sein eigenes Taxiunternehmen aufgemacht, erzählt er.

»Aber wir sind noch nicht weit gekommen. Es wäre schön, wenn wir uns so einen Bus leisten könnten, aber den hier habe ich geliehen. Fräulein Sasaki meinte, ich sollte den größten besorgen. Und keinen, der allzu feierlich aussieht.« Er streichelt den Bus mit seiner behandschuhten Hand.

Fräulein Sasaki schließt das Eisentor, das mit einem Quietschen reagiert, und rennt auf uns zu. »Sie können sich später noch unterhalten. Ich fahre mit Frau Yanagi und deshalb sind Sie für die anderen verantwortlich.« Sie springt in den Leichenwagen.

»Sie ist unglaublich«, murmelt Herr Nishioka voller Bewunderung und schaut dem davonfahrenden Leichenwagen hinterher. »Fünfzehn, nein, sechzehn Jahre lang haben wir einander nur Postkarten geschickt, und dann ruft sie mich plötzlich an. Und jetzt sieh nur, was dabei herausgekommen ist.« Er kneift die Augen zusammen und schaut noch immer in die Richtung, in welcher der Leichenwagen verschwunden ist. Dann senkt er seine Stimme, sodass die Trauergäste, die

immer noch nicht alle im Bus sitzen, ihn nicht hören können.
»Chiaki, was haben alle diese Leute mit der Vermieterin zu tun? Sind das Verwandte? Oder Freunde?«
»Äh, na ja, ihre Freunde.«
»Alle?«
»Ja, wirklich alle.«
Er nickt. »Ich habe immer gesagt, dass sie kein Durchschnittsmensch ist.«
Der Bus steuert das oben auf einem Hügel gelegene Krematorium an, das vom Herbstlicht überflutet wird. Die Sitze sind weich und lassen sich zurücklegen.
»Das ist großartig. So bequem. Ich habe das Gefühl, auch selbst unterwegs ins Paradies zu sein«, höre ich Herrn Yamames Nachbarin aufgeregt sagen. Ich komme mir vor wie auf einem Schulausflug.
»Was macht Osamu?« Ich beuge mich zum Fahrersitz vor, um mit Herrn Nishioka zu reden.
»Dem geht es gut, wirklich. Aber er ist besessen.«
»Wie meinen Sie das?«
»Er ist von Bergen besessen.«
»Er ist Bergsteiger?« Es fällt mir zunächst schwer, mir den schlanken Osamu als Bergsteiger vorzustellen.
»Mmm. Und er macht auch Fotos. Auch wenn man dabei Geld verdienen kann, gefährlich ist es doch. Ich sage ihm immer wieder, dass er nicht allein losgehen soll, aber er ist zu alt, um auf seinen Vater zu hören.«
Ich denke eine Weile an Osamu. An Osamu, der allein auf

Berge steigt, der ein Lagerfeuer anzündet und allein seine Mahlzeiten zubereitet und der, umgeben von Wolken und Licht und Felskämmen, die ich noch nie gesehen habe, allein arbeitet.

»Ich würde gern seine Fotos sehen.«

»Wirklich? Das würde ihn freuen. Ich werde dafür sorgen, dass er dich unverzüglich anruft.«

Obwohl ich ihn nur von hinten sehe, weiß ich, dass Herr Nishioka lächelt. Ich lasse mich auf meinem Sitz zurücksinken. Ein einzelner weißer Kondensstreifen eines Jetflugzeugs zieht sich endlos über den klaren blauen Himmel. Vielleicht könnte ich mit meiner Mutter eine kleine Reise machen, wenn ich wieder zu Hause bin, überlege ich. Dann werde ich mir ein gutes Krankenhaus suchen und wieder arbeiten. Bestimmt kommen bessere Tage. Schließlich lebe ich ja noch.

Da ich in der Nacht nicht geschlafen habe und der Bus so gemütlich schaukelt, nicke ich ein, während ich mir das alles überlege.

Plötzlich höre ich eine Stimme in meinem Ohr: »Aber vorher feg das Laub zusammen, ja? Es ist rücksichtslos den Nachbarn gegenüber, es so herumliegen zu lassen.«

Verwirrt fahre ich auf und sehe, dass der Kondensstreifen noch nicht verschwunden ist. Neben mir schnarcht eine alte Frau, die sich die Haare lila gefärbt hat. Der Busmotor dröhnt gleichmäßig und ohne Unterbrechungen.

Ich werde das Laub zusammenfegen, ich werde ein Feuer machen und Süßkartoffeln rösten, die ich vorher in feuchtes

Zeitungspapier und Alufolie gewickelt habe. Damit sind Sie doch zufrieden, oder, Frau Yanagi?

»Wir sind gleich da.« Herr Nishioka tippt kurz auf die Bremse. Endlich löst der Kondensstreifen sich auf, aber ich starre noch immer in das Himmelsgewölbe hoch.

Leseprobe aus

Gerbrand Bakker: Birnbäume blühen weiß

Jugendroman

Aus dem Niederländischen von Andrea Kluitmann

ISBN 3-491-37448-0

Früher haben wir es *gespielt*. Wir haben es jahrelang gespielt. Bis vor einem halben Jahr, das war das letzte Mal. Danach hatte es keinen Sinn mehr. Wir fingen immer draußen an, an der alten Buche, die vor dem Wohnzimmerfenster steht. Die Buche war der Startpunkt. Wir legten eine Hand auf die Rinde und meistens war es Klaas, der abzählte. Klaas ist der Älteste von uns. Klaas ist zehn Minuten älter als Kees. Gerson ist drei Jahre jünger als wir und kam alleine, er hat keinen Zwillingsbruder. Er hat Zwillings*brüder*. Das sind wir, Klaas und Kees.

Bevor Klaas anfing abzuzählen, nannte einer von uns das Ziel. Küchentür. Kopfweiden. Hühnerstall. Manchmal auch ein Ziel weiter weg. Stacheldraht zwischen den beiden Grundstücken neben unserem Haus. Klofenster vom Nachbarn. Ab und zu auch ein lebendiges Ziel. Vater. Hund. Der Nachteil dieser Ziele war, dass sie sich bewegten. Vor allem das Ziel Hund konnte problematisch sein. Derjenige, der in seinen Ohren am schönsten pfiff, gewann. Nicht, weil er das Ziel erreicht hatte, sondern weil das Ziel ihn erreichte.

Gerson hatte immer die schwierigsten Ziele. Ziele, zu denen

man ewig unterwegs war, mit Kurven und mit Hindernissen. Mit Balken über dem Graben und Elektrozäunen. Sträuchern. Grabsteinen. Ganz bestimmten Grabsteinen, deren Inschriften man schließlich mit den Fingern entziffern musste. Gerson war oft auf dem kleinen Friedhof, der schräg gegenüber unserem Haus auf einem Hügel lag …

»Drei, zwei, eins, los«, sagte Klaas, wie immer sehr langsam. Bei *drei* schlossen wir die Augen. Bei *zwei* und *eins* versuchten wir uns das Haus und die Umgebung wie ein Foto vorzustellen. Aber wie langsam Klaas auch abzählte, wir hatten nie genug Zeit, das Foto abzuziehen. Auf den Fotos in unseren Köpfen gab es immer graue, verschwommene Flecken. Diese Flecken waren die Orte, die wir blind nur mit viel Mühe fanden. Bei *los* nahmen wir die Hände vom Baumstamm. Bei den ersten vorsichtigen Schritten stießen wir immer gegeneinander. Wir suchten ja alle drei dasselbe Ziel. Aber nach den ersten Schritten trennten sich unsere Wege. Wir hatten verschiedene Fotos in unseren Köpfen, wir gingen in unterschiedliche Richtungen. Wir versuchten lautlos zu gehen. Nichts sollte uns ablenken und nichts sollte den anderen verraten, wo wir waren.

Wenn es nicht windig war, herrschte eine enorme Stille. Gerade weil wir versuchten, die Schritte der anderen zu hören, sauste es in unseren Ohren. Wenn es windig war, raste der Wind immer mit Orkankraft durch die Bäume. Von welchem Baum kam welches Geräusch?
